—— 新版 ——

小学语文同步阅读

白鹅

BAI E

丰子恺——

著

长江出版传媒　长江文艺出版社

办公室
子恺画

東風浩蕩扶搖直上

子愷

目录

白　鹅

　　抗战胜利后八个月零十天，我卖脱了三年前在重庆沙坪坝庙湾地方自建的小屋，迁居城中去等候归舟。

　　除了托庇三年的情感以外，我对这小屋实在毫无留恋。因为这屋太简陋了，这环境太荒凉了；我去屋如弃敝屣。倒是屋里养的一只白鹅，使我恋恋不忘。

　　这白鹅，是一位将要远行的朋友送给我的。这朋友住在北碚，特地从北碚把这鹅带到重庆来送给我。我亲自抱了这雪白的大鸟回家，放在院子内。它伸长了头颈，左顾右盼，我一看这姿态，想道："好一个高傲的动物！"凡动物，头是最主要部分。这部分的形状，最能表明动物的性格。例如狮子、老虎，头都是大的，表示其力强；麒麟、骆驼，头都是高的，表示其高超；狼、狐、狗等，头都是尖的，表示其刁奸猥鄙；猪猡、乌龟等，头都是缩的，表示其冥顽愚蠢；鹅的头在比例上比骆驼更高，与麒麟相似，正是高超性格的表示。而在它的叫声、步态、吃相中，更表示出一种傲慢之气。

鹅的叫声，与鸭的叫声大体相似，都是"轧轧"然的。但音调上大不相同。鸭的"轧轧"，其音调琐碎而愉快，有小心翼翼的意味；鹅的"轧轧"，其音调严肃郑重，有似厉声呵斥。它的旧主人告诉我：养鹅等于养狗，它也能看守门户。后来我看到果然：凡有生客进来，鹅必然厉声叫嚣；甚至篱笆外有人走路，它也要引吭大叫，其叫声的严厉，不亚于狗的狂吠。狗的狂吠，是专对生客或宵小用的；见了主人，狗会摇头摆尾，呜呜地乞怜。鹅则对无论何人，都是厉声呵斥；要求饲食时的叫声，也好像大爷嫌饭迟而怒骂小使一样。

鹅的步态，更是傲慢了。这在大体上也与鸭相似。但鸭的步调急速，有局促不安之相。鹅的步调从容，大模大样的，颇像平剧（京剧）里的净角出场，这正是它的傲慢性格的表现。我们走近鸡或鸭，这鸡或鸭一定让步逃走，这是表示对人惧怕，所以我们要捉住鸡或鸭，颇不容易。那鹅就不然，它傲然地站着，看见人走来简直不让，有时非但不让，竟伸过颈子来咬你一口，这表示它不怕人，看不起人。但这傲慢终归是狂妄的。我们一伸手，就可一把抓住它的项颈，而任意处置它。家畜之中，最傲人的无过于鹅，同时最容易捉住的也无过于鹅。

鹅的吃饭，常常使我们发笑。我们的鹅是吃冷饭的，一日三餐。它需要三样东西下饭：一样是水，一样是泥，一样是草。先吃一口冷饭，次吃一口水，然后再到某地方去吃一口泥及草。这地方是它自己选定的，选的目标，我们做人的无法知道。大约泥和草也有各种滋味，它是依着它的胃口而选定的。这食料并不奢侈；但它的吃法，三眼一板，丝毫不苟。譬如吃了一口饭，倘水盆偶然放在远处，它一定从容不迫地踏大步走上前去，饮水一口，再踏大步走到一定的地方去吃泥，吃草。吃过泥和草再回来吃饭。这样从容不迫地吃饭，必须有一个人在旁侍候，像饭馆里的侍者一样。因为附近的狗，都知道我们这位鹅老爷的脾气，每逢它吃饭的时候，狗就躲在篱边窥伺。等它吃过一口饭，踱着方步去吃水、吃泥、吃草的当儿，狗就敏捷地跑上来，努力地吃它的饭。没有吃完，鹅老爷偶然早归，伸颈去咬狗，并且厉声叫骂，狗立刻逃往篱边，蹲着静候；看它再吃了一口饭，再走开去吃水、吃草、吃泥的时候，狗又敏捷地跑上来，这回就把它的饭吃完，扬长而去了。等到鹅再来吃饭的时候，饭罐已经空空如也。鹅便昂首大叫，似乎责备人们供养不周。这时我们便替它添饭，并且站着侍候。因为邻近狗很多，一狗方去，一狗又来蹲着窥伺了。邻近的鸡也很多，也常蹑手蹑脚地来偷鹅的饭吃。我们不胜其烦，以后便将饭罐和水盆放在一起，免得它走远去，让鸡、狗偷饭吃。然而它所必须的盛馔——泥和草，所在的地点远近无定。为了找这盛馔，它仍是要走远去的。因此鹅的吃饭，非有一人侍候不可。真是架子十足的！

鹅，不拘它如何高傲，我们始终要养它，直到房子卖脱为止。因为它对我们，物质上和精神上都有贡献，使主母和主人都欢喜它。物质上的贡献，是生蛋。它每天或隔天生一个蛋，篱边特设一堆稻草，鹅蹲伏在稻草中了，便是要生蛋了。家里的小孩子更兴奋，站在它旁边等候。它分娩毕，就起身，大踏步走进屋里去，大声叫开饭。这时候孩子们把蛋热热地捡起，藏在背后拿进屋子来，说是怕鹅看见了要生气。鹅蛋真是大，有鸡蛋的四倍呢！主母的蛋篓子内积得多了，就拿来制盐蛋，炖一个盐鹅蛋，一家人吃不了的！工友上街买菜回来说："今天菜市上有卖鹅蛋的，要四百元一个，我们的鹅每天挣四百元，一个月挣一万二，比我们做工还好呢。哈哈哈哈。"大家陪他"哈哈哈哈"。望望那鹅，它正吃饱了饭，昂胸凸肚地，在院子里踱方步，看野景，似乎更加神气活现了。

但我觉得，比吃鹅蛋更好的，还是它的精神的贡献。因为我们这屋实在太简陋，环境实在太荒凉，生活实在太岑寂了。赖有这一只白鹅，点缀庭院，增加生气，慰我寂寞。

且说我这屋子，真是简陋极了：篱笆之内，地皮二十方丈，屋所占的只六方丈，其余算是庭院。这六方丈上，建着三间"抗建式"平屋，每间前后划分为二室，共得六室，每室平均一方丈。中央一间，前室特别大些，约有一方丈半弱，算是食堂兼客堂；后室就只有半方丈强，比公共汽车还小，作为家人的卧室。西边一间，平均划分为二，算是厨房及工友室。东边一间，也平均划分为二，后室也是家人的卧室，前室便是我的书房兼卧房。三年以来，我坐卧写作，都在这一方丈内。归熙甫《项脊轩志》中说："室仅方丈，可容一人居。"又说："雨泽下注，每移案，顾视无可置者。"我只有想起这些话的时候，感觉得自己满足。我的屋虽不上漏，可是墙是竹制的，单薄得很。夏天九点钟以后，东墙上炙手可热，室内好比开放了热水汀。这时候反教人希望警报，可到六七丈深的地下室去凉快一下呢。

竹篱之内的院子，薄薄的泥层下面尽是岩石，只能种些番茄、蚕豆、芭蕉之类，却不能种树木。竹篱之外，坡岩起伏，尽是荒郊。因此这小屋赤裸裸的，孤零零的，毫无依蔽；远远望来，正像一个亭子。我长年坐守其中，就好比一个亭长。这地点离街约有里许，小径迂回，不易寻找，来客极稀。杜诗"幽栖地僻经过少"一句，这屋可以受之无愧。风雨之日，泥泞载途，狗也懒得走过，环境荒凉更甚。这些日子岑寂的滋味，至今回想还觉得可怕。

自从这小屋落成之后，我就辞绝了教职，恢复了战前的闲居生活。我对外间绝少往来，每日只是读书作画，饮酒闲谈而已。我的时间全部是我自己的。这是我的性格的要求，这在我是认为幸福的。然而这幸福必需两个条件：在太平时，在都会里。如今在抗战期，在荒村里，这幸福就伴着一种苦闷——岑寂。为避免这苦闷，我便在读书、作画之余，在院子里种豆，种菜，养鸽，养鹅。而鹅给我的印象最深，因为它有那么庞大的身体，那么雪白的颜色，那么雄壮的叫声，那么轩昂的态度，那么高傲的脾气，和那么可笑的行为。在这荒凉岑寂的环境中，这鹅竟成了一个焦点。凄风苦雨之日，手酸意倦之时，推窗一望，死气沉沉，唯有这伟大的雪白的东西，高擎着琥珀色的喙，在雨中昂然独步，好像一个武装的守卫，使得这小屋有了保障，这院子有了主宰，这环境有了生气。

我的小屋易主的前几天，我把这鹅送给住在小龙坎的朋友人家。送出之后的几天内，颇有异样的感觉。这感觉与诀别一个人的时候所发生的感觉完全相同，不过分量较为轻微而已。原来一切众生，本是同根，凡属血气，皆有共感。所以这禽鸟比这房屋更是牵惹人情，更能使人留恋。现在我写这篇短文，就好比为一个永诀的朋友立传，写照。

这鹅的旧主人姓夏名宗禹，现在与我邻居着。

卅五（1946）年四月二十五日于重庆

给我的孩子们①

我的孩子们！我憧憬于你们的生活，每天不止一次！我想委曲地说出来，使你们自己晓得。可惜到你们懂得我的话的意思的时候，你们将不复是可以使我憧憬的人了。这是何等可悲哀的事啊！

瞻瞻！你尤其可佩服。你是身心全部公开的真人。你什么事体都像拼命地用全副精力去对付。小小的失意，像花生米翻落地了，自己嚼了舌头了，小猫不肯吃糕了，你都要哭得嘴唇翻白，昏去一两分钟。外婆普陀去烧香买回

① 本篇原载《文学周报》1926 年 12 月 26 日第 4 卷第 6 期。

来给你的泥人，你何等鞠躬尽瘁地抱他，喂他；有一天你自己失手把他打破了，你的号哭的悲哀，比大人们的破产，失恋，broken heart（心碎），丧考妣，全军覆没的悲哀都要真切。两把芭蕉扇做的脚踏车，麻雀牌堆成的火车，汽车，你何等认真地看待，挺直了嗓子叫"汪——""咕咕咕……"来代替汽笛。宝姐姐讲故事给你听，说到"月亮姐姐挂下一只篮来，宝姐姐坐在篮里吊了上去，瞻瞻在下面看"的时候，你何等激昂地同她争，说"瞻瞻要上去，宝姐姐在下面看！"甚至哭到漫姑①面前去求审判。我每次剃了头，你真心地疑我变了和尚，好几时不要我抱。最是今年夏天，你坐在我膝上发见了我腋下的长毛，当作黄鼠狼的时候，你何等伤心，你立刻从我身上爬下去，起初眼睁睁地对我端相，继而大失所望地号哭，看看，哭哭，如同对被判定了死罪的亲友一样。你要我抱你到车站里去，多多益善地要买香蕉，满满

---

① 漫姑，即作者的三姐丰满。

地擒了两手回来，回到门口时你已经熟睡在我的肩上，手里的香蕉不知落在哪里去了。这是何等可佩服的真率，自然，与热情！大人间的所谓"沉默""含蓄""深刻"的美德，比起你来，全是不自然的，病的，伪的！

你们每天坐火车，坐汽车，办酒，请菩萨，堆六面画，唱歌，全是自动的，创造创作的生活。大人们的呼号"归自然！""生活的艺术化！""劳动的艺术化！"在你们面前真是出丑得很了！依样画几笔画，写几篇文的人称为艺术家，创作家，对你们更要愧死！

你们的创作力，比大人真是强盛得多哩：瞻瞻！你的身体不及椅子的一半，却常常要搬动它，与它一同翻倒在地上；你又要把一杯茶横转来藏在抽斗里，要皮球停在壁上，要拉住火车的尾巴，要月亮出来，要天停止下雨。在这等小小的事件中，明明表示着你们的小弱的体力与智力不足以应付强盛的创作欲、表现欲的驱使，因而遭逢失败。然而你们是不受大自然的支配，不受人类社会的束缚的创造者，所以你的遭逢失败，例如火车尾巴拉不住，月亮呼不出来的时候，你们决不承认是事实的不可能，总以为是爹爹妈妈不肯帮你们办到，同不许你们弄自鸣钟同例，所以愤愤地哭了，你们的世界何等广大！

你们一定想：终天无聊地伏在案上弄笔的爸爸，终天闷闷地坐在窗下弄引线的妈妈，是何等无气性的奇怪的动物！你们所视为奇怪动物的我与你们的母亲，有时确实难为了你们，摧残了你们，回想起来，真是不安心得很！

阿宝！有一晚你拿软软的新鞋子，和自己脚上脱下来的鞋子，给凳子的脚穿了，剜袜立在地上，得意地叫"阿宝两只脚，凳子四只脚"的时候，你母亲喊着"龌龊了袜子！"立刻擒你到藤榻上，动手毁坏你的创作。当你蹲在榻上注视你母亲动手毁坏的时候，你的小心里一定感到"母亲这种人，何等杀风景而野蛮"吧！

瞻瞻！有一天开明书店送了几册新出版的毛边的《音乐入门》来。我用小刀把书页一张一张地裁开来，你侧着头，站在桌边默默地看。后来我从学校回来，你已经在我的书架上拿了一本连史纸印的中国装的《楚辞》，把它裁破了十几页，得意地对我说："爸爸！瞻瞻也会裁了！"瞻瞻！这在你原是何等成功的欢喜，何等得意的作品！却被我一个惊骇的"哼！"字喊得你哭了。那时候你也一定抱怨"爸爸何等不明"吧！

软软！你常常要弄我的长锋羊毫，我看见了总是无情地夺脱你。现在你一定轻视我，想道："你终于要我画你的画集的封面！"①

最不安心的，是有时我还要拉一个你们所最怕的陆露沙医生来，教他用他的大手来摸你们的肚子，甚至用刀来在你们臂上割几下，还要教妈妈和漫姑擒住了你们的手脚，捏住了你们的鼻子，把很苦的水灌到你们的嘴里去。这在你们一定认为是太无人道的野蛮举动吧！

孩子们！你们果真抱怨我，我倒欢喜；到

① 《子恺画集》的封面画是软软所作。

你们的抱怨变为感谢的时候，我的悲哀来了！

我在世间，永没有逢到像你们样出肺肝相示的人。世间的人群结合，永没有像你们样的彻底地真实而纯洁。最是我到上海去干了无聊的所谓"事"回来，或者去同不相干的人们做了叫作"上课"的一种把戏回来，你们在门口或车站旁等我的时候，我心中何等惭愧又欢喜！惭愧我为什么去做这等无聊的事，欢喜我又得暂时放怀一切地加入你们的真生活的团体。

但是，你们的黄金时代有限，现实终于要暴露的。这是我经验过来的情形，也是大人们谁也经验过的情形。我眼看见儿时的伴侣中的英雄？好汉，一个个退缩、顺从、妥协、屈服起来，到像绵羊的地步。我自己也是如此。'后之视今，亦犹今之视昔'，你们不久也要走这条路呢！

我的孩子们！憧憬于你们的生活的我，痴心要为你们永远挽留这黄金时代在这册子里。然这真不过像"蜘蛛网落花"，略微保留一点春的痕迹而已。且到你们懂得我这片心情的时候，你们早已不是这样的人，我的画在世间已无可印证了！这是何等可悲哀的事啊！

一九二六年耶诞节作

忆儿时

我回忆儿时，有三件不能忘却的事。

第一件是养蚕。那是我五六岁时、我祖母
在日的事。我祖母是一个豪爽而善于享乐的人，
良辰佳节不肯轻轻放过。养蚕也每年大规模地
举行。其实，我长大后才晓得，祖母的养蚕并
非专为图利，叶贵的年头常要蚀本，然而她喜
欢这暮春的点缀，故每年大规模地举行。我所
喜欢的，最初是蚕落地铺。那时我们的三开间
的厅上、地上统是蚕，架着经纬的跳板，以便

通行及饲叶。蒋五伯挑了担到地里去采叶，我与诸姐跟了去，去吃桑葚。蚕落地铺的时候，桑葚已很紫而甜了，比杨梅好吃得多。我们吃饱之后，又用一张大叶做一只碗，采了一碗桑葚，跟了蒋五伯回来。蒋五伯饲蚕，我就以走跳板为戏乐，常常失足翻落地铺里，压死许多蚕宝宝，祖母忙喊蒋五伯抱我起来，不许我再走。然而这满屋的跳板，像棋盘街一样，又很低，走起来一点也不怕，真是有趣。这真是一年一度的难得的乐事！所以虽然祖母禁止，我总是每天要去走。

蚕上山之后，全家静默守护，那时不许小孩子们吵了，我暂时感到沉闷。然而过了几天，采茧，做丝，热闹的空气又浓起来了。我们每年照例请牛桥头七娘娘来做丝。蒋五伯每天买枇杷和软糕来给采茧、做丝、烧火的人吃。大家认为现在是辛苦而有希望的时候，应该享受这点心，都不客气地取食。我也无功受禄地天天吃多量的枇杷与软糕，这又是乐事。

七娘娘做丝休息的时候，捧了水烟筒，伸

出她左手上的短少半段的小指给我看，对我说：做丝的时候，丝车后面，是万万不可走近去的。她的小指，便是小时候不留心被丝车轴棒轧脱的。她又说："小囝囝不可走近丝车后面去，只管坐在我身旁，吃枇杷，吃软糕。还有做丝做出来的蚕蛹，叫妈妈用油炒一炒，真好吃哩！"然而我始终不要吃蚕蛹，大概是我爸爸和诸姐都不要吃的原故。我所乐的，只是那时候家里的非常的空气。日常固定不动的堂窗、长台、八仙椅子，都收拾去，而变成不常见的丝车、匾、缸。又不断地公然地可以吃小食。

丝做好后，蒋五伯口中唱着"要吃枇杷，来年蚕罢"，收拾丝车，恢复一切陈设。我感到一种兴尽的寂寥。然而对于这种变换，倒也觉得新奇而有趣。

现在我回忆这儿时的事，常常使我神往！祖母、蒋五伯、七娘娘和诸姐都像童话里、戏剧里的人物了。且在我看来，他们当时这剧的主人公便是我。何等甜美的回忆！只是这剧的题材，现在我仔细想想觉得不好：养蚕做丝，在生计上原是幸福的，然其本身是数万的生灵的杀虐！《西青散记》里面有两句仙人的诗句："自织藕丝衫子嫩，可怜辛苦赦春蚕。"安得人间也发明织藕丝的丝车，而尽赦天下的春蚕的性命！

我七岁上祖母死了，我家不复养蚕。不久父亲与诸姐弟相继死亡，家道衰落了，我的幸福的儿时也过去了。因此这回忆一面使我永远神往，一面又使我永远忏悔。

二

第二件不能忘却的事，是父亲的中秋赏月，而赏月之乐的中心，在于吃蟹。

我的父亲中了举人之后，科举就废，他无事在家，每天吃酒，看书。他不要吃羊、牛、猪肉，而喜欢吃鱼、虾之类。而对于蟹，尤其喜欢。自七八月起直到冬天，父亲平日的晚酌规定吃一只蟹，一碗隔壁豆腐店里买来的开锅热豆腐干。他的晚酌，时间总在黄昏。八仙桌上一盏洋油灯，一把紫砂酒壶，一只盛热豆腐干的碎瓷盖碗，一把水烟筒，一本书，桌子角上一只端坐的老猫，我脑中这印象非常深刻，到现在还可以清楚地浮现出来。我在旁边看，有时他给我一只蟹脚或半块豆腐干。然我喜欢蟹脚。蟹的味道真好，我们五个姊妹兄弟，都喜欢吃，也是为了父亲喜欢吃的原故。只有母亲与我们相反，喜欢吃肉，而不喜欢又不会吃蟹，吃的时候常常被蟹螯上的刺刺开手指，出血；而且抉剔得很不干净，父亲常常说她是外行。父亲说："吃蟹是风雅的事，吃法也要内行才懂得。先折蟹脚，后开蟹斗……脚上的拳头（即关节）里的肉这样可以吃干净，脐里的肉这样可以别出……脚爪可以当作剔肉的针……蟹螯上的骨头可以拼成一只很好看的蝴蝶……"父亲吃蟹真是内行，吃得非常干净。所以陈妈妈说："老爷吃下来的蟹壳，真是蟹壳。"

蟹的储藏所，就在天井角落里的缸里，经常总养着十来只。到了七夕、七月半、中秋、重阳等节候上，缸里的蟹就满了，那时我们都有得吃，而且每人得吃一大只，或一只半。尤其是中秋一天，兴致更浓。在深黄昏，移桌子到隔壁的白场上的月光下面去吃。更深人静，明月底下只有我们一家的人，恰好围成一桌，此外只有一个供差使的红英坐在旁边。大家谈笑，看月亮，他们——父亲和诸姐——直到月落时光，我则半途睡去，与父亲和诸姐不分而散。

这原是为了父亲嗜蟹，以吃蟹为中心而举行的。故这种夜宴，不仅限于中秋，有蟹的季节里的月夜，无端也要举行数次。不过不是良辰佳节，我们少吃一点，有时两人分吃一只。我们都学父亲，剥得很精细，剥出来的肉不是立刻吃的，都积受在蟹斗里，剥完之后，放一点姜醋，拌一拌，就作为下饭的菜，此外没有别的菜了。因为父亲吃菜是很省的，而且他说蟹是至味，吃蟹时混吃别的菜肴，是乏味的。我们也学他，半蟹斗的蟹肉，过两碗饭还有余，就可得父亲的称赞，又可以白口吃下余多的蟹肉，所以大家都勉力节省。现在回想那时候，半条蟹腿肉要过两大口饭，这滋味真好！自父亲死了以后，我不曾再尝这种好滋味。现在，我已经自己做父亲，况且已经茹素，当然永远不会再尝这滋味了。唉！儿时欢乐，何等使我神往！

然而这一剧的题材，仍是生灵的杀虐！因此这回忆一面使我永远神往，一面又使我永远忏悔。

三

第三件不能忘却的事，是与隔壁豆腐店里的王囡囡的交游，而这交游的中心，在于钓鱼。

那是我十二三岁时的事，隔壁豆腐店里的王囡囡是当时我的小侣伴中的大阿哥。他是独子，他的母亲、祖母和大伯，都很疼爱他，给他很多的钱和玩具，而且每天放任他在外游玩。他家与我家贴邻而居。我家的人们每天赴市，必须经过他家的豆腐店的门口，两家的人们朝夕相见，互相来往。小孩们也朝夕相见，互相来往。此外他家对于我家似乎还有一种邻人以上的深切的交谊，故他家的人对于我特别要好，他的祖母常常拿自产的豆腐干、豆腐衣等来送给我父亲下酒。同时在小侣伴中，王囡囡也特别和我要好。他的年纪比我大，气力比我好，生活比我丰富，我们一道游玩的时候，他时时引导我，照顾我，犹似长兄对于幼弟。我们有时就在我家的染坊店里的榻上玩耍，有时相偕出游。他的祖母每次看见我俩一同玩耍，必叮嘱囡囡好好看待我，勿要相骂。我听人说，他家似乎曾经患难，而我父亲曾经帮他们忙，所以他家大人们吩咐王囡囡照应我。

我起初不会钓鱼，是王囡囡教我的。他叫他大伯买两副钓竿，一副送我，一副他自己用。他到米桶里去捉许多米虫，浸在盛水的罐头里，领了我到木场桥头去钓鱼。他教给我看，先捉起一个米虫来，把钓钩由虫尾穿进，直穿到头部。然后放下水去。他又说："浮珠一动，你要立刻拉，那么钩子钩住鱼的颚，鱼就逃不脱。"我照他所教的试验，果然第一天钓了十几头白条，然而都是他帮我拉钓竿的。

第二天，他手里拿了半罐头扑杀的苍蝇，又来约我去钓鱼。途中他对我说："不一定是米虫，用苍蝇钓鱼更好。鱼喜欢吃苍蝇！"这一天我们钓了一小桶各种的鱼。回家的时候，他把鱼桶送到我家里，说他不要。我母亲就叫红英去煎一煎，给我下晚饭。

自此以后，我只管欢喜钓鱼。不一定要王囡囡陪去，自己一人也去钓，又学得了掘蚯蚓来钓鱼的方法。而且钓来的鱼，不仅够自己下晚饭，还可送给店里的人吃，或给猫吃。我记得这时候我的热心钓鱼，不仅出于游戏欲，又有几分功利的兴味在内。有三四个夏季，我热心于钓鱼，给母亲省了不少的菜蔬钱。

后来我长大了，赴他乡入学，不复有钓鱼的工夫。但在书中常常读到赞咏钓鱼的文句，例如什么"独钓寒江雪"，什么"渔樵度此身"，才知道钓鱼原来是很风雅的事。后来又晓得有所谓"游钓之地"的美名称，是形容人的故乡的。我大受其煽惑，为之大发牢骚：我想

"钓鱼确是雅的，我的故乡，确是我的游钓之地，确是可怀的故乡"。但是现在想想，不幸而这题材也是生灵的杀虐！

我的黄金时代很短，可怀念的又只有这三件事。不幸而都是杀生取乐，都使我永远忏悔。

一九二七年梅雨时节

华瞻的日记

一

　　隔壁二十三号里的郑德菱，这人真好！今天妈妈抱我到门口，我看见她在水门汀上骑竹马。她对我一笑，我分明看出这一笑是叫我去一同骑竹马的意思。我立刻还她一笑，表示我极愿意，就从母亲怀里走下来，和她一同骑竹马了。两人同骑一枝竹马，我想转弯了，她也同意；我想走远一点，她也欢喜；她说让马儿吃点草，我也高兴；她说把马儿系在冬青上，我也觉得有理。我们真是同志和朋友！兴味正好的时候，妈妈出来拉住我的手，叫我去吃饭。我说："不高兴。"妈妈说："郑德菱也要去吃饭了！"果然郑德菱的哥哥叫着"德菱"，也走出来拉住郑德菱的手去了。我只得跟了妈妈进去。当我们将走进各自的门口的时候，她回头向我一看，我也回头向她一看，各自进去，不见了。

我实在无心吃饭。我晓得她一定也无心吃饭。不然，何以分别的时候她不对我笑，而且脸上很不高兴呢？我同她在一块，真是说不出的有趣。吃饭何必急急？即使要吃，尽可在空的时候吃。其实照我想来，像我们这样的同志，天天在一块吃饭，在一块睡觉，多好呢？何必分作两家？即使要分作两家，反正爸爸同郑德菱的爸爸很要好，妈妈也同郑德菱的妈妈常常谈笑，尽可你们大人作一块，我们小孩子作一块，不更好吗？

这"家"的分配法，不知是谁定的，真是无理之极了。想来总是大人们弄出来的。大人们的无理，近来我常常感到，不止这一端：那一天爸爸同我到先施公司去，我看见地上放着许多小汽车、小脚踏车，这分明是我们小孩子用的；但是爸爸一定不肯给我拿一部回家，让它许多空摆在那里。回来的时候，我看见许多汽车停在路旁；我要坐，爸爸一定不给我坐，让它们空停在路旁。又有一次，娘姨抱我到街里去，一个捎着许多小花篮的老太婆，口中吹着笛子，手里拿着一只小花篮，向我看，把手中的花篮递给我；然而娘姨一定不要，急忙抱我走开去。这种小花篮，原是小孩子玩的，况且那老太婆明明表示愿意给我，娘姨何以一定叫我不要接呢？娘姨也无理，这大概是爸爸教她的。

我最欢喜郑德菱。她同我站在地上一样高，走路也一样快，心情志趣都完全投合。宝姐姐或郑德菱的哥哥，有些不近情的态度，我看他们不懂。大概是他们身体长大，稍近于大人，所以心情也稍像大人的无理了。宝姐姐常常要说我"痴"。我对爸爸说，要天不下雨，好让郑德菱出来，宝姐姐就用手指点着我，说："瞻瞻痴!"怎么叫"痴"？你每天不来同我玩耍，夹了书包到学校里去，难道不是"痴"吗？爸爸整天坐在桌子前，在文章格子上一格一格地填字，难道不是"痴"吗？天下雨，不能出去玩，不是讨厌的吗？我要天不要下雨，正是近情合理的要求。我每天晚上听见你要爸爸开电灯，爸爸给你开了，满房间就明亮；现在我也要爸爸叫天不下雨，爸爸给我做了，晴天岂不也爽快呢？你何以说我"痴"？郑德菱的哥哥虽然没有说我什么，然而我总讨厌他。我们玩耍的时候，他常常板起脸，来拉郑德菱，说："赤了脚到人家家里，不怕难为情!"又说："吃人家的面包，不怕难为情!"立刻拉了她去。"难为情"是大人们惯说的话，大人们常常不怕厌气，端坐在椅子里，点头，弯腰，说什么"请，请""对不起""难为情"一类的无聊的话。他们都有点像大人了!

啊! 我很少知己! 我很寂寞! 母亲常常说我"会哭"，我哪得不哭呢？

二

今天我看见一种奇怪的现状：

吃过糖粥，妈妈抱我走到吃饭间里的时候，我看见爸爸身上披一块大白布，垂头丧气地朝外坐在椅子上，一个穿黑长衫的麻脸的陌生人，拿一把闪亮的小刀，竟在爸爸后头颈里用劲地割。啊哟！这是何等奇怪的现状！大人们的所为，真是越看越稀奇了！爸爸何以甘心被这麻脸的陌生人割呢？痛不痛呢？

更可怪的，妈妈抱我走到吃饭间里的时候，她明明也看见这爸爸被割的骇人的现状，然而她竟毫不介意，同没有看见一样。宝姐姐夹了书包从天井里走进来，我想她见了一定要哭。谁知她只叫一声"爸爸"，向那可怕的麻子一看，就全不经意地到房间里去挂书包了。前天爸爸自己把手指割开了，他不是大叫"妈妈"，立刻去拿棉花和纱布来吗？今天这可怕的麻子咬紧了牙齿割爸爸的头，何以妈妈和宝姐姐都不管呢？我真不解了。可恶的，是那麻子。他耳朵上还夹着一支香烟，同爸爸夹铅笔一样。他一定是没有铅笔的人，一定是坏人。

后来爸爸挺起眼睛叫我："华瞻，你也来剃头，好否？"

爸爸叫过之后，那麻子就抬起头来，向我一看，露出一颗闪亮的金牙齿来。我不懂爸爸的话是什么意思，我真怕极了。我忍不住抱住妈妈的项颈而哭了。这时候妈妈、爸爸和那个麻子说了许多话，我都听不清楚，又不懂。只听见"剃头""剃头"，不知是什么意思。我哭了，妈妈就抱我由天井里走出门外。走到门边的时候，我偷眼向里边一望，从窗缝窥见那麻子又咬紧牙齿，在割爸爸的耳朵了。

门外有学生在抛球，有兵在体操，有火车开去。妈妈叫我不要哭，叫我看火车。我悬念着门内的怪事，没心情去看风景，只是凭在妈妈的肩上。

我恨那麻子，这一定不是好人。我想对妈妈说，拿棒去打他。然而我终于不说。因为据我的经验，大人们的意见往往与我相左。他们往往不讲道理，硬要我吃最不好吃的"药"，硬要我做最难当的"洗脸"，或坚不许我弄最有趣的水、最好看的火。今天的怪事，他们对之都漠然，意见一定又是与我相左的。我若提议去打，一定不被赞成。横竖拗不过他们，算了吧。我只有哭！最可怪的，平常同情于我的弄水弄火的宝姐姐，今天也跳出门来笑我，跟了妈妈说我"痴子"。我只有独自哭！有谁同情于我的哭呢？

到妈妈抱了我回来的时候，我才仰起头，预备再看一看，这怪事怎么样了？那可恶的麻子还在否？谁知一跨进墙门槛，就听见"拍，拍"的声音。走进吃饭间，我看见那麻子正用拳头打爸爸的背。"拍，拍"的声音，正是打的声音。可见他一定是用力打的，爸爸一定很痛。然而爸爸何以任他打呢？妈妈何以又不管呢？我又哭。妈妈急急地抱我到房间里，对娘姨讲些话，两人都笑起来，都对我讲了许多话。然而我还听见隔壁打人的"拍，拍"的声音，无心去听她们的话。

爸爸不是说过"打人是最不好的事"吗？那一天软软不肯给我香烟牌子，我打了她一掌，爸爸曾经骂我，说我不好；还有那一天我打碎了寒暑表，妈妈打了我一下屁股，爸爸立刻抱我，对妈妈说"打不行"。何以今天那麻子在打爸爸，大家不管呢？我继续哭，我在妈妈的怀里睡去了。

我醒来，看见爸爸坐在披雅娜（piano 钢琴）旁边，似乎无伤，耳朵也没有割去，不过头很光白，像和尚了。我见了爸爸，立刻想起了睡前的怪事，然而他们——爸爸、妈妈等——仍是毫不介意，绝不谈起。我一回想，心中非常恐怖又疑惑。明明是爸爸被割项颈，割耳朵，又被用拳头打，大家却置之不问，任我一个人恐怖又疑惑。唉！有谁同情于我的恐怖？有谁为我解释这疑惑呢？

一九二七年初夏

儿 女

回想四个月以前，我犹似押送囚犯，突然地把小燕子似的一群儿女从上海的租寓中拖出，载上火车，送回乡间，关进低小的平屋中。自己仍回到上海的租界中，独居了四个月。这举动究竟出于什么旨意，本于什么计划，现在回想起来，连自己也不相信。其实旨意与计划，都是虚空的，自骗自扰的，实际于人生有什么利益呢？只赢得世故尘劳，做弄几番欢愁的感情，增加心头的创痕罢了！

当时我独自回到上海，走进空寂的租寓，心中不绝地浮起这两句《楞严》经文："十方虚空在汝心中，犹如白云点太清里；况诸世界在虚空耶！"

晚上整理房室，把剩在灶间里的篮钵、器皿、余薪、余米，以及其他三年来寓居中所用的家常零星物件，尽行送给来帮我做短工的、邻近的小店里的儿子。只有四双破旧的小孩子的鞋子（不知为什么缘故），我不送掉，拿来整齐地摆在自己的床下，而且后来看到的时候常常感到一种无名的愉快。直到好几天之后，邻居的友人过来闲谈，说起这床下的小鞋子阴气逼人，我方始悟到自己的痴态，就把它们拿掉了。

朋友们说我关心儿女。我对于儿女的确关心，在独居中更常有悬念的时候。但我自以为这关心与悬念中，除了本能以外，似乎尚含有一种更强的加味。所以我往往不顾自己的画技与文笔的拙陋，动辄描摹。因为我的儿女都是孩子，最年长的不过九岁，所以我对于儿女的关心与悬念中，有一部分是对于孩子们——普天下的孩子们——的关心与悬念。他们成人以后我对他们怎样？现在自己也不能晓得，但可推知其一定与现在不同，因为不复含有那种加味了。

回想过去四个月的悠闲宁静的独居生活，在我也颇觉得可恋，又可感谢。然而一旦回到故乡的平屋里，被围在一群儿女的中间的时候，我又不禁自伤了。因为我那种生活，或枯坐，默想，或钻研，搜求，或敷衍，应酬，比较起他们的天真、健全、活跃的生活来，明明是变态的、病的、残废的。

有一个炎夏的下午，我回到家中了。第二天的傍晚，我领了四个孩子——九岁的阿宝、七岁的软软、五岁的瞻瞻、三岁的阿伟——到小院中的槐荫下，坐在地上吃西瓜。夕暮的紫色中，炎阳的红味渐渐消减，凉夜的青味渐渐加浓起来。微风吹动孩子们的细丝一般的头发，身体上汗气已经全消，百感畅快的时候，孩子们似乎已经充溢着生的欢喜，非发泄不可了。最初是三岁的孩子的音乐的表现，他满足之余，笑嘻嘻摇摆着身子，口中一面嚼西瓜，一面发出一种像花猫偷食时候的"ngam ngam"的声音来。这音乐的表现立刻唤起了五岁的瞻瞻的共鸣，他接着发表他的诗："瞻瞻吃西瓜，宝姐姐吃西瓜，软软吃西瓜，阿伟吃西瓜。"这诗的表现又立刻引起了七岁与九岁的孩子的散文的、数学的兴味：他们立刻把瞻瞻的诗句的意义归纳起来，报告其结果："四个人吃四块西瓜。"

于是我就做了评判者，在自己心中批判他们的作品。我觉得三岁的阿伟的音乐的表现最为深刻而完全，最能全般表出他的欢喜的感情。五岁的瞻瞻把这欢喜的感情翻译为（他的）诗，已打了一个折扣；然尚带着节奏与旋律的分子，犹有活跃的生命流露着。至于软软与阿宝的散文的、数学的、概念的表现，比较起来更肤浅一层。然而看他们的态度，全部精神投入在吃西瓜的一事中，其明慧的心眼，比大人们所见的完全得多。天地间最健全的心眼，只是孩子们的所有物，世间事物的真相，只有孩子们能最明确、最完全地见到。我比起他们来，真的心眼已经被世智尘劳所蒙蔽，所斫丧，是一个可怜的残废者了。我实在不敢受他们"父亲"的称呼，倘然"父亲"是尊崇的。

我在平屋的南窗下暂设一张小桌子，上面按照一定的秩序而布置着稿纸、信簏、笔砚、墨水瓶、糨糊瓶、时表和茶盘等，不喜欢别人来任意移动，这是我独居时的惯癖。我——我们大人——平常的举止，总是谨慎，细心，端详，斯文。例如磨墨，放笔，倒茶等，都小心从事，故桌上的布置每日依然，不致破坏或扰乱。因为我的手足的筋觉已经由于屡受物理的教训而深深地养成一种谨惕的惯性了。然而孩子们一爬到我的案上，就捣乱我的秩序，破坏我的桌上的构图，毁损我的器物。他们拿起自来水笔来一挥，洒了一桌子又一衣襟的墨水点；又把笔尖蘸在糨糊瓶里；他们用劲拔开毛笔的铜笔套，手背撞翻茶壶，壶盖打碎在地板上……这在当时实在使我不耐烦，我不免哼喝他们，夺脱他们手里的东西，甚至批他们的小颊。然而我立刻后悔：哼喝之后立刻继之以笑，夺了之后立刻加倍奉还，批颊的手在中途软却，终于变批为抚。因为我立刻自悟其非：我要求孩子们的举止同我自己一样，何其乖谬！我——我们大人——的举止谨惕，是为了身体手足的筋觉已经受了种种现实的压迫而痉挛了的缘故。孩子们尚保有天赋的健全的身手与真朴活跃的元气，岂像我们的穷屈？揖让、进退、规行、矩步等大人们的礼貌，犹如刑具，都是戕贼这天赋的健全的身手的。于是活跃的人逐渐变成了手足麻痹、半身不遂的残废者。残废者要求健全者的举止同他自己一样，何其乖谬！

儿女对我的关系如何？我不曾预备到这世间来做父亲，故心中常是疑惑不明，又觉得非常奇怪。我与他们（现在）完全是异世界的人，他们比我聪明、健全得多；然而他们又是我所生的儿女。这是何等奇妙的关系！世人以膝下有儿女为幸福，希望以儿女永续其自我，我实在不解他们的心理。我以为世间人与人的关系，最自然最合理的莫如朋友。君臣、父子、昆弟、夫妇之情，在十分自然合理的时候都不外乎是一种广义的友谊。所以朋友之情，实在是一切人情的基础。"朋，同类也。"并育于大地上的人，都是同类的朋友，共为大自然的儿女。世间的人，忘却了他们的大父母，而只知有小父母，以为父母能生儿女，儿女为父母所生，故儿女可以永续父母的自我，而使之永存。于是无子者叹天道之无知，子不肖者自伤其天命，而狂进杯中之物，其实天道有何厚薄于其齐生并育的儿女！我真不解他们的心理。

近来我的心为四事所占据了：天上的神明与星辰，人间的艺术与儿童，这小燕子似的一群儿女，是在人世间与我因缘最深的儿童，他们在我心中占有与神明、星辰、艺术同等的地位。

戊辰（1928）年韦驮圣诞作于石湾

作父亲

楼窗下的弄里远地传来一片声音："咿哟，咿哟……"渐近渐响起来。

一个孩子从算草簿中抬起头来，张大眼睛倾听一会，"小鸡！小鸡！"叫了起来。四个孩子同时放弃手中的笔，飞奔下楼，好像路上的一群麻雀听见了行人的脚步声而飞去一般。

我刚才扶起他们所带倒的凳子，拾起桌子上滚下去的铅笔，听见大门口一片呐喊："买小鸡！买小鸡！"其中又混着哭声。连忙下楼一看，原来元草因为落伍而狂奔，在庭中跌了一跤，跌痛了膝盖骨不能再跑，恐怕小鸡被哥哥、姐姐们买完了轮不着他，所以激烈地哭着。我扶了他走出大门口，看见一群孩子正向一个挑着一担"咿哟，咿哟"的人招呼，欢迎他走近来。元草立刻离开我，上前去加入团体，且跳且喊："买小鸡！买小鸡！"泪珠跟了他的一跳一跳而从脸上滴到地上。

孩子们见我出来，大家回转身来包围了我。"买小鸡！买小鸡！"的喊声由命令的语气变成了请愿的语气，喊得比之前更响了。他们仿佛想把这些音蓄入我的身体中，希望它们由我的口上开出来。独有元草直接拉住了担子的绳而狂喊。

我全无养小鸡的兴趣；而且想起了以后的种种麻烦，觉得可怕。但乡居寂寥，绝对摒除外来的诱惑而强迫一群孩子在看惯的几间屋子里隐居这一个星期日，似也有些残忍。且让这个"咿哟，咿哟"来打破门庭的岑寂，当作长闲的春昼的一种点缀吧。我就招呼挑担的，叫他把小鸡给我们看看。

他停下担子，揭开前面的一笼。"咿哟，咿哟"的声音忽然放大。但见一个细网的下面，蠕动着无数可爱的小鸡，好像许多活的雪球。五六个孩子蹲集在笼子的四周，一齐倾情地叫着："好来！好来！"一瞬间我的心也屏绝了思虑而没入在这些小动物的姿态的美中，体会了孩子们对于小鸡的热爱的心情。许多小手伸入笼中，竞指一只纯白的小鸡，有的几乎要隔网捉住它。挑担的忙把盖子无情地盖上，许多"咿哟，咿哟"的雪球和一群"好来，好来"的孩子就变成了咫尺天涯。孩子们怅望笼子的盖，依附在我的身边，有的伸手摸我的袋。我就向挑担的人说话：

"小鸡卖几钱一只？"

"一块洋钱四只。"

"这样小的，要卖二角半钱一只？可以便宜些否？"

"便宜勿得，二角半钱最少了。"

他说过，挑起担子就走。大的孩子脉脉含情地目送他，小的孩子拉住了我的衣襟而连叫"要买！要买！"挑担的越走得快，他们喊得越响。我摇手止住孩子们的喊声，再向挑担的问：

“一角半钱一只卖不卖？给你六角钱买四只吧！”

“没有还价！”

他并不停步，但略微旋转头来说了这一句话，就赶紧向前面跑。“咿哟，咿哟”的声音渐渐地远起来了。

元草的喊声就变成哭声。大的孩子锁着眉头不绝地探望挑担者的背影，又注视我的脸色。我用手掩住了元草的口，再向挑担人远远地招呼：

“二角大洋一只，卖了吧！”

“没有还价！”

他说过便昂然地向前进行，悠长地叫出一声：“卖——小——鸡——！”其背影便在弄口的转角上消失了。我这里只留着一个号啕大哭的孩子。

对门的大嫂子曾经从矮门上探头出来看过小鸡，这时候就拿着针线走出来，倚在门上，笑着劝慰哭的孩子，她说：

“不要哭！等一会儿还有担子挑来，我来叫

你呢！"她又笑着向我说，"这个卖小鸡的想做好生意。他看见小孩子哭着要买，越是不肯让价了。昨天坍墙圈里买的一角洋钱一只，比刚才的还大一半呢！"

我同她略谈了几句，硬拉了哭着的孩子回进门来。别的孩子也懒洋洋地跟了进来。我原想为长闲的春昼找些点缀而走出门口来的，不料讨个没趣，扶了一个哭着的孩子而回进来。庭中柳树正在骀荡的春光中摇曳柔条，堂前的燕子正在安稳的新巢上低徊软语。我们这个刁巧的挑担者和痛哭的孩子，在这一片和平美丽的春景中很不调和啊！

关上大门，我一面为元草揩拭眼泪，一面对孩子们说：

"你们大家说'好来，好来'，'要买，要买'，那人就不肯让价了！"

小的孩子听不懂我的话，继续抽噎着；大的孩子听了我的话若有所思。我继续抚慰他们：

"我们等一会再来买吧，隔壁大妈会喊我们的。但你们下次……"

我不说下去了。因为下面的话是"看见好的嘴上不可说好，想要的嘴上不可说要"。倘再进一步，就变成"看见好的嘴上应该说不好，想要的嘴上应该说不要"了。在这一片天真烂漫光明正大的春景中，向哪里容藏这样教导孩子的一个父亲呢？

　　　　　　廿二（1933）年五月二十日

送阿宝出黄金时代

阿宝，我和你在世间相聚，至今已十四年了，在这五千多天内，我们差不多天天在一处，难得有分别的日子。我看着你呱呱坠地，嘤嘤学语，看你由吃奶改为吃饭，由匍匐学成跨步。你的变态微微地逐渐地展进，没有痕迹，使我全然不知不觉，以为你始终是我家的一个孩子，始终是我们这家庭里的一种点缀，始终可做我和你母亲的生活的慰安者。然而近年来，你态度行为的变化，渐渐证明其不然。你已在我们的不知不觉之间长成了一个少女，快将变为成人了。古人谓"父母之年不可不知也，一则以喜，一则以惧"。我现在反行了古人的话，在送你出黄金时代的时候，也觉得悲喜交集。

所喜者，近年来你的态度行为的变化，都是你将由孩子变成成人的表示。我的辛苦和你母亲的劬劳似乎有了成绩，私心庆慰；所悲者，你的黄金时代快要度尽，现实渐渐暴露，你将停止你的美丽的梦，而开始生活的奋斗了，我们仿佛丧失了一个从小依傍在身边的孩子，而另得了一个新交的知友。"乐莫乐兮新相知"；然而旧日天真烂漫的阿宝，从此永远不得再见了！

记得去春有一天，我拉了你的手在路上走。落花的风把一阵柳絮吹在你的头发上，脸孔上，和嘴唇上，使你好像冒了雪，生了白胡须。我笑着搂住了你的肩，用手帕为你拂拭。你也笑着，仰起了头依在我的身旁。这在我们原是极寻常的事：以前每天你吃过饭，是我同你洗脸的。然而路上的人向我们注视，对我们窃笑，其意思仿佛在说："这样大的姑娘儿，还在路上教父亲搂住了拭脸孔！"我忽然看见你的身体似乎高大了，完全发育了，已由中性似的孩子变成十足的女性了。我忽然觉得，我与你之间似乎筑起一堵很高，很坚，很厚的无影的墙。你在我的怀抱中长起来，在我的提携中大起来；但从今以后，我和你将永远分居于两个世界了。一刹那间我心中感到深痛的悲哀。我怪怨你何不永远做一个孩子而定要长大起来，我怪怨人类中何必有男女之分。然而怪怨之后立刻破悲为笑，恍悟这不是当然的事，可喜的事吗？

　　记得有一天，我从上海回来。你们兄弟姊妹照例拥在我身旁，等候我从提箱中取出"好东西"来分。我欣然地取出一束巧格力①来，分给你们每人一包。你的弟妹们到手了这五色金银的巧格力，照例欢喜得大闹一场，雀跃地拿去尝新了。你受持了这赠品也表示欢喜，跟着弟妹们去了。然而过了几天，我偶然在楼窗中望下来，看见花台旁边，你拿着一包新开的巧格力，正在分给弟妹三人。他们各自争多嫌少，你忙着为他们均分。在一块缺角的巧格力

①　同现在的"巧克力"。

上添了一张五色金银的包纸派给小妹妹了，方才三面公平。他们欢喜地吃糖了，你也欢喜地看他们吃。这使我觉得惊奇。吃巧格力，向来是我家儿童们的一大乐事。因为乡村里只有箬叶包的糖塌饼，草纸包的状元糕，没有这种五色金银的糖果；只有甜煞的粽子糖，咸煞的盐青果，没有这种异香异味的糖果。所以我每次到上海，一定要买些回来分给儿童，借添家庭的乐趣。儿童们切望我回家的目的，大半就在这"好东西"上。你向来也是这"好东西"的切望者之一人。你曾经和弟妹们赌赛谁是最后吃完；你曾经把五色金银的锡纸积受起来制成华丽的手工品，使弟妹们艳羡。这回你怎么一想，肯把自己的一包藏起来，如数分给弟妹们吃呢？我看你为他们分均匀了之后表示非常的欢喜，同从前赌得了最后吃完时一样，不觉倚在楼上独笑起来。因为我忆起了你小时候的事：十来年之前，你是我家里的一个捣乱分子，每天为了要求的不满足而哭几场，挨母亲打几顿。你吃蛋只要吃蛋黄，不要吃蛋白，母亲偶然夹一筷蛋白在你的饭碗里，你便把饭粒和蛋白乱拨在桌子上，同时大喊："要黄！要黄！"你以为凡物较好者就叫作"黄"。所以有一次你要小椅子玩耍，母亲搬一个小凳子给你，你也大喊："要黄！要黄！"你要长竹竿玩，母亲拿一根"史的克（stick 小棍子）"给你，你也大喊："要黄！要黄！"你看不起那时候还只一二岁而不会活动的软软。吃东西时，把不好吃的东西留着给软软吃；讲故事时，把不幸的角色派给软软当。向母亲有所要求而不得允许的时候，你就高声地问："当错软软吗？当错软软吗？"你的意思以为：软软这个人要不得，其要求可以不允许；而阿宝是一个重要不过的人，其要求岂有不允许之理？今所以不允许者，大概是当错了软软的原故。所以每次高声地提醒你母亲，务要她证明阿宝正身，允许一切要求而后已。这个一味"要黄"而专门欺侮弱小的捣乱分子，今天在那里牺牲自己的幸福来增殖弟妹们的幸福，使我看了觉得可笑，又觉得可悲。你往日的一切雄心和梦想已经宣告失败，开始在遏制自己的要求，忍耐自己的欲望，而谋他人的幸福了；你已将走出唯我独尊的黄金时代，开始在尝人类之爱的辛味了。

记得去年有一天，我为了必要的事，将离家远行。在以前，每逢我出门了，你们一定不高兴，要阻住我，或者约我早归。在更早的以前，我出门须得瞒过你们。你弟弟后来寻我不着，须得哭几场。我回来了，倘预知时期，你们常到门口或半路上来迎候。我所描的那幅题曰《爸爸还不来》的画，便是以你和你的弟弟的等我归家为题材的。因为我在过去的十来年中，以你们为我的生活慰安者，天天晚上和你们谈故事，作游戏，吃东西，使你们都觉得家庭生活的温暖，少不来一个爸爸，所以不肯放我离家。去年这一天我要出门了，你的弟妹们照旧为我惜别，约我早归。我以为你也如此，正在约你何时回家和买些什么东西来，不意你却劝我早去，又劝我迟归，说你有种种玩意可以骗住弟妹们的阻止和盼待。原来你已在我和你母亲谈话中闻知了我此行有早去迟归的必要，决意为我分担生活的辛苦了。我此行感觉轻快，但又感觉悲哀。因为我家将少却了一个黄金时代的幸福儿。

以上原都是过去的事，但是常常切在我的心头，使我不能忘却。现在，你已做中学生，不久就要完全脱离黄金时代而走向成人的世间去了。我觉得你此行比出嫁更重大。古人送女儿出嫁诗云："幼为长所育，两别泣不休。对此结中肠，义往难复留。"你出黄金时代的"义往"，实比出嫁更"难复留"，我对此安得不"结中肠"？所以现在追述我的所感，写这篇文章来送你。你此后的去处，就是我这册画集里所描写的世间。我对于你此行很不放心。因为这好比把你从慈爱的父母身旁遣嫁到恶姑的家里去，正如前诗中说："自小闺内训，事姑贻我忧。"事姑取甚样的态度，我难于代你决定。但希望你努力自爱，勿贻我忧而已。

约十年前，我曾作一册描写你们的黄金时代的画集（《子恺画集》）。其序文（《给我的孩子们》）中曾经有这样的话："我的孩子们！

我憧憬于你们的生活，每天不止一次！我想委曲地说出来，使你们自己晓得。可惜到你们懂得我的话的时候，你们将不复是可以使我憧憬的人了。这是何等可悲哀的事啊！""但是你们的黄金时代有限，现实终于要暴露的。这是我经验过来的情形，也是大人们谁也经验过来的情形。我眼看见儿时的伴侣中的英雄、好汉，一个个退缩、顺从、妥协、屈服起来，到像绵羊的地步。我自己也是如此。'后之视今，亦犹今之视昔'，你们不久也要走这条路呢！"写这些话时的情景还历历在目，而现在你果然已经"懂得我的话"了！果然也要"走这条路"了！无常迅速，念此又安得不结中肠啊！

廿三（1934）年岁暮，选辑近作漫画，定名为《人间相》，付开明出版。选辑既竟，取十年前所刊《子恺画集》比较之，自觉画趣大异。读序文，不觉心情大异。遂写此篇，以为《人间相》辑后感。

南颖访问记

南颖是我的长男华瞻的女儿。七月初有一天晚上，华瞻从江湾的小家庭来电话，说保姆突然走了，他和志蓉两人都忙于教课，早出晚归，这个刚满一岁的婴孩无人照顾，当夜要送到这里来交祖父母暂管，我们当然欢迎。深黄昏，一辆小汽车载了南颖和她父母到达我家，住在三楼上。华瞻和志蓉有时晚上回来伴她宿；有时为上早课，就宿在江湾，这里由我家的保姆英娥伴她睡。

第二天早上，我看见英娥抱着这婴孩，教她叫声公公。但她只是对我看看，毫无表情。我也毫不注意，因为她不会讲话，不会走路，也不哭，家里仿佛新买了一个大洋囡囡，并不觉得添了人口。

大约默默地过了两个月，我在楼上工作，渐渐听见南颖的哭声和学语声了。她最初会说的一句话是"阿姨"。这是对英娥有所要求时叫出的。但是后来发音渐加变化："阿呀""阿咦""阿也"。这就变成了欲望不满足时的抗议声。譬如她指着扶梯要上楼，或者指着门要到街上去，而大人不肯抱她上来或出去，她就大喊"阿呀！阿呀！"语气中仿佛表示："阿呀！这一点要求也不答应我！"

第二句会说的话是"公公"。然而也许是"咯咯"，就是鸡。因为阿姨常常抱她到外面去看邻家的鸡，她已经学会"咯咯"这句话。后来教她叫"公公"，她不会发鼻音，也叫"咯咯"；大人们主观地认为她是叫"公公"，欢欣地宣传："南颖会叫公公了！"我也主观地高兴，每次看见了，一定抱抱她，体验着古人"含饴弄孙"之趣。然而我知道南颖心里一定感到诧异："一只鸡和一个出胡须的老人，都叫做'咯咯'，人的语言真奇怪！"

此后她的语汇逐渐丰富起来：看见祖母会叫"阿婆"；看见鸭会叫"Ga-Ga"；看见挤乳的马会叫"马马"；要求上楼时会叫"尤尤"（楼楼）；要求出外时会叫"外外"；看见邻家的女孩子会叫"几几"（姊姊）。从此我逐渐亲近她，常常把她放在膝上，用废纸画她所见过的各种东西给她看，或者在画册上教她认识各种东西。她对平面形象相当敏感：如果一幅大画里藏着一只鸡或一只鸭，她会找出来，叫"咯咯""Ga-Ga"。她要求很多，意见很多；然而发声器官尚未发达，无法表达她的思想，只能用"嗯，嗯，嗯，嗯"或哭来代替言语。有一次她指着我案上的文具连叫"嗯，嗯，嗯，嗯"。我知道她是要那支花铅笔，就对她说："要笔，是不是？"她不嗯了，表示是。我就把花铅笔拿给她，同时教她："说'笔'！"她的嘴唇动动，笑笑，仿佛在说："我原想说'笔'，可是我的嘴巴不听话呀！"

在这期间，南颖会自己走路了。起初扶着

凳子或墙壁，后来完全独步了；同时要求越多，意见越多了。她欣赏我的手杖，称它为"都都"。因为她看见我常常拿着手杖上车子去开会，而车子叫"都都"，因此手杖也就叫"都都"。她要求我左手抱了她，右手拿着拐杖走路。更进一步，要求我这样地上街去买花。这种事我不胜任，照理应该拒绝。然而我这时候自己已经化作了小孩，觉得这确有意思，就鼓足干劲，一手抱着孩子，一手拿着拐杖，走出里门，在人行道上慢慢地踱步。有一个路人向我注视了一会，笑问："老伯伯，你抱得动么？"我这才觉悟了我的姿态的奇特：凡拿手杖，总是无力担负自己的身体，所以叫手杖扶助的；可是现在我左手里却抱着一个十五六个月的小孩！这矛盾岂不可笑？

她寄居我家一共五个多月。前两个多月像洋囝囡一般无声无息；可是后三个多月她的智力迅速发达，眼见得由洋囝囡变成了一个人，一个全新的人。一切生活在她都是初次经验，一切人事在她都觉得新奇。记得《西青散记》

的序言中说："予初生时，怖夫天之乍明乍暗，家人曰：昼夜也。怪夫人之乍有乍无，家人曰：生死也。"南颖此时的观感正是如此。在六十多年前，我也曾有过这种观感。然而六十多年的世智尘劳早已把它磨灭殆尽，现在只剩得依稀仿佛的痕迹了。由于接近南颖，我获得了重温远昔旧梦的机会，瞥见了我的人生本来面目。有时我屏绝思虑，注视着她那天真烂漫的脸，心情就会迅速地退回到六十多年前的儿时，尝到人生的本来滋味。这是最深切的一种幸福，现在只有南颖能够给我。三个多月以来我一直照管她，她也最亲近我。虽然为她相当劳瘁，但是她给我的幸福足可以抵偿。她往往不讲情理，恣意要求。例如当我正在吃饭的时候定要我抱她到"尤尤"去；深夜醒来的时候放声大哭，要求到"外外"去。然而越是恣意，越是天真，越是明显地衬托出世间大人们的虚矫，越是使我感动。所以华瞻在江湾找到了更宽敞的房屋，请到了保姆，要接她回去的时候，我心中发生了一种矛盾：在理智上乐愿她回到父母的新居，但在感情上却深深地对她惜别，从此家里没有了生气蓬勃的南颖，只得像杜甫所说"寂寞养残生"了。那一天他们准备十点钟动身，我在九点半钟就悄悄地拿了我的"都都"，出门去了。

我十一点钟回家，家人已经把壁上所有为南颖作的画揭去，把所有的玩具收藏好，免得我见物怀人。其实不必如此，因为这毕竟是"欢乐的别离"；况且江湾离此只有一小时的旅程，今后可以时常来往。不过她去后，我闲时总要想念她。并不是想她回来，却是想她作何感想。十七八个月的小孩，不知道世间有"家庭""迁居""往来"等事。她在这里由洋囝囝变成人，在这里开始有知识；对这里的人物、房屋、家具、环境已经熟悉。她的心中已经肯定这里是她的家了。忽然大人们用车子把她载到另一个地方，这地方除了过去晚上有时看到的父母之外，保姆、房屋、家具、环境都是陌生的。"一向熟悉的公公、阿婆、阿姨哪里去了？一向熟悉的那间屋子哪里去了？一向熟悉的门巷和街道哪里去了？这些人物和环境是否永远没有了？"她的小头脑里一定发生这些疑问，然而无人能替她解答。

我想用事实来替她证明我们的存在，在她迁去后一星期，到江湾去访问她。坐了一小时的汽车，来到她家门前。一间精小的东洋式住宅门口，新保姆抱着她在迎接我。南颖向我凝视片刻，就要我抱，看看我手里的"都都"。然而目光呆滞，脸无笑容，很久默默不语，显然表示惊奇和怀疑。我推测她的小心里正在想："原来这个人还在。怎么在这里出现？那间屋子存在不存在？阿婆、阿姨和'几几'存在不存在？"我要引起她回忆，故意对她说："尤尤，公公，都都，外外，买花花。"她的目光更加呆滞了，表情更加严肃了，默默无言了很久。我想这时候她的小心境中大概显出两种情景。其一是走上楼梯，书桌上有她所见惯的画册、笔砚、烟灰缸、茶杯；抽斗里有她所玩惯的显微镜、颜料瓶、图章、打火机；四周有特地为她画的小图画。其二是电车道旁边的一家鲜花店、一个满面笑容的卖花人和红红绿绿的许多花；她的小手手拿了其中的几朵，由公公抱回家里，插在茶几上的花瓶里。但不知道这时候她心中除了惊疑之外，是喜是悲，是怒是慕。

我在她家逗留了大半天，乘她沉沉欲睡的时候悄悄地离去。她照旧依恋我，这依恋一方面使我高兴，另一方面又使我惆怅：她从热闹的都市里被带到这幽静的郊区，笼闭在这沉寂的精舍里，已经一个星期，可能尘心渐定。今天我去看她，这昙花一现，会不会促使她怀旧而增长她的疑窦？我希望不久迎她到这里来住几天，再用事实来给她证明她的旧居的存在。

放　生

　　一个温和晴爽的星期六下午，我与一青年君及两小孩①四人从里湖雇一叶西湖船，将穿过西湖，到对岸的白云庵去求签，为的是我的二姐为她的儿子择配，已把媒人拿来的八字②打听得满意，最后要请白云庵里的月下老人代为决定，特写信来嘱我去求签。这一天下午风和日暖，景色宜人，加之是星期六，人意格外安闲；况且为了喜事而去，倍觉欢欣。这真可

---

　　①　一青年君，是作者的学生鲍慧和；两小孩，是作者的女儿阿宝和软软。
　　②　八字，这里指媒人拿给男方的红帖子上用花甲子写的女子出生年、月、日、时，共八个字，故名。

谓天时地利人和三难合并，人生中是难得几度的！①

我们一路谈笑，唱歌，吃花生米，弄桨，不觉船已摇到湖的中心。但见一条狭狭的黑带远远地围绕着我们，此外上下四方都是碧蓝的天，和映着碧天的水。古人诗云："春水船如天上坐。"我觉得我们在形式上"如天上坐"，在感觉上又像进了另一世界。因为这里除了我们四人和舟子一人外，周围都是单纯的自然，不闻人声，不见人影。仅由我们五人构成一个单纯而和平、寂寥而清闲的小世界。这景象忽然引起我一种没来由的恐怖：我假想现在天上忽起狂风，水中忽涌巨浪，我们这小世界将被这大自然的暴力所吞灭。又假想我们的舟子是《水浒传》里的三阮之流，忽然放下桨，从船底抽出一把大刀来，把我们四人一一砍下水里去，让他一人独占了这世界。但我立刻感觉这种假想的没来由。天这样晴明，水这样平静，

---

① 从"人意格外安闲……"至此，编入1957年版《缘缘堂随笔》时，作者曾做改动，现予恢复。

我们的舟子这样和善，况且白云庵的粉墙已像一张卡片大小地映入我们的望中了。我就停止妄想，① 和同坐的青年闲谈远景的看法，云的曲线的画法。坐在对方的两小孩也回转头去观察那些自然，各述自己所见的画意。

忽然，我们船旁的水里轰然一响，一件很大的东西从上而下，落入坐在我旁边的青年的怀里，而且在他怀里任情跳跃，忽而捶他的胸，忽而批他的颊，一息不停，使人一时不能辨别这是什么东西。在这一刹那间，我们四人大家停止了意识，入了不知所云的三昧境，因为那东西突如其来，大家全无预防，况且为从来所未有的经验，所以四人大家发呆了。这青年瞠目垂手而坐，不说不动，一任那大东西在他怀中大肆活动。他并不素抱不抵抗主义。今所以不动者，大概一则为了在这和平的环境中万万想不到需要抵抗；二则为了未知来者是谁及应否抵抗，所以暂时不动。我坐在他的身旁，最

---

① 从"但我立刻感觉这种假想的没来由……"至此，编入1957年版《缘缘堂随笔》时作者有删改，现予恢复。

初疑心他发羊癫疯，忽然一人打起拳来；后来才知道有物在那里打他，但也不知为何物，一时无法营救。对方二小孩听得暴动的声音，始从自然美欣赏中转过头来，也惊惶得说不出话。① 这奇怪的沉默持续了约三四秒钟，始被船尾上的舟子来打破，他喊道：

"捉牢，捉牢！放到后艄里来！"

这时候我们都已认明这闯入者是一条大鱼。自头至尾约有二尺多长。它若非有意来搭我们的船，大约是在湖底里躲得沉闷，也学一学跳高，不意跳入我们的船里的青年的怀中了。这青年认明是鱼之后，就本能地听从舟子的话，伸手捉牢它。但鱼身很大又很滑，再三擒拿，方始捉牢。滴滴的鱼血染遍了青年的两手和衣服，又溅到我的衣裾上。这青年尚未决定处置这俘虏的方法，两小孩看到血滴，一齐对他请愿：

"放生！放生！"

同时舟子停了桨，靠近他背后来，连叫：

① 从"对方二小孩听得暴动的声音……"至此，编入1957年版《缘缘堂随笔》时被作者删去。

"放到后艄里来！放到后艄里来！"

我听舟子的叫声，非常切实，似觉其口上带着些涎沫的。他虽然靠近这青年，而又叫得这般切实，但其声音在这青年的听觉上似乎不及两小孩的请愿声的响亮，他两手一伸，把这条大鱼连血抛在西湖里了。它临去又作一小跳跃，尾巴露出水来向两小孩这方面一挥，就不知去向了。船舱里的四人大家欢喜地连叫："好啊！放生！"船艄里的舟子隔了数秒钟的沉默，才回到他的座位里重新打桨，也欢喜地叫："好啊！放生！"然而不再连叫。我在舟子的数秒钟的沉默中感到种种的不快，又在他的不再连叫之后觉得一种不自然的空气涨塞了我们的一叶扁舟。水天虽然这般空阔，似乎与我们的扁舟隔着玻璃，不能调剂其沉闷。是非之念充满了我的脑中。我不知道这样的鱼的所有权应该是属谁的。但想象这鱼倘然迟跳了数秒钟，跳进船艄里去，一定依照舟子的意见而被处置，今晚必为盘中之肴无疑。为鱼的生命着想，它这一跳是不幸中之幸。但为舟子着想，却是幸中之不幸。这鱼的价值可达一元左右，抵得两三次从里湖划到白云庵的劳力的代价。这不劳而获的幸运得而复失，在我们的舟子是难免一会儿懊恼的。于是我设法安慰他："这是跳龙门的鲤鱼，鲤鱼跳进你的船里，你——（我看看他，又改了口）你的儿子好做官了。"他立刻欢喜了，咯咯地笑着回答我说："放生有福，先生们都发财！"接着又说："我的儿子今年十八岁，在××衙门里当公差，××老爷很欢喜他呢。""那么将来一定可以做官！那时你把这船丢了，去做老太爷！"船舱里和船艄里的人大家笑了。刚才涨塞在船里的沉闷的空气，都被笑声驱散了。船头在白云庵靠岸的时候，大家已把放生的事忘却。最后一小孩跨上了岸，回头对舟子喊道："老太爷再会！"岸上的人和船里的人又都笑起来。我们一直笑到了月下老人的祠堂里。

我们在月下老人的签筒里摸了一张"何如？子曰，可也"的签，搭公共汽车回寓，天已经黑了。

廿四［1935］年三月二日于杭州

翡翠笛

"南北山头多墓田，清明祭扫各纷然。纸灰化作白蝴蝶，血泪染成红杜鹃。日落狐狸眠冢上，夜归儿女笑灯前。人生有酒须当醉，一点何曾到九泉！"从前姐姐读这首诗，我听得熟了。当时不知道什么意思，跟着姐姐信口唱，只觉得音节很好。今天在扫墓船里，又听见姐姐唱这首诗。我问明白了字句的意味，不觉好笑起来，对姐姐说："这原来是咏清明扫墓的诗，今天唱，很合时宜；但我又觉得不合事理。我们每年清明上坟，不是向来当作一件乐事的么？我家的扫墓竹枝词中，有一首是'双双画桨荡轻波，一路春风笑语和。望见坟前堤岸上，松阴更比去年多'。多么快乐！怎么古人上坟会哭出'血泪'来，直到上好坟回家，还要埋怨儿女在灯前笑呢？末后两句最可笑了：'人生有酒须当醉'，人生难道是为吃酒的？酒醉糊涂，还算什么'人生'？我真不解这首诗的好处。"

爸爸在座，姐姐每逢理论总是不先说的。她看看我，又看看爸爸，仿佛在说："你问爸爸！"爸爸懂得她的意思，自动地插嘴了："中国古代诗人提倡吃酒，确是一种颓废的人生观。像你，现代的少年人，自然不能和他们同情的。但读诗不可过于拘泥事实，这首诗的末两句，也可看作咏叹人生无常，劝人及时努力的。却不可拘泥于酒。欢喜吃酒的说酒，欢喜做事的不妨把醉酒改作做事，例如说'人生有事须当做，一件何曾到九泉！'不很对么？"姐姐和我听了这两句诗，一齐笑起来。

爸爸继续说："至于扫墓，原本是一件悲哀的事。凭吊死者，回忆永别的骨肉，哪里说得上快乐呢？设想坟上有个新冢，扫墓的不是要哭么？但我们的都是老坟，年年祭扫，如同去拜见祖宗一样，悲哀就化为孝敬，而转成欢乐了。尤其是你们，坟上的祖宗都是不曾见过面的，扫墓就同游春一般。这是人生无上的幸福啊！"我听了这话有些凛然。目前的光景被这凛然所衬托，愈加显得幸福了。

扫墓的船在一片油菜花旁的一棵桃花树下停泊了。爸爸、姆妈、姐姐和我，三大伯、三大妈和他家的四弟、六妹，和工人阿四，大家纷纷上岸。大人们忙着搬桌椅，抬条箱，在坟前设祭。我们忙着看花，攀树，走田塍，折杨柳。他们点上了蜡烛，大声地喊："来拜揖！来拜揖！"我们才从各方集合拢来，到坟前行礼。墓地邻近有一块空地，上面覆着垂杨，三面围着豆花，底下铺着绿草，像一只空着的大沙发，正在等我们去坐。我们不约而同地跑进去，席地而坐了。从附近走来参观扫墓的许多村人，站在草地旁看我们。他们的视线集中在姐姐身上。原来姐姐这次春假回家，穿着一身黄色的童子军装，不男不女的，惹人注意。我从衣袋里摸出口琴来吹，更吸引了远处的许多村姑。

我又想起了我家的扫墓竹枝词："壶榼纷陈拜跪忙，闲来坐憩树荫凉。村姑三五来窥看，中有谁家新嫁娘。"所咏的就是目前的光景。

忽然听得背后发出一种声音，好像羊叫，衬着口琴的声音非常触耳。回头看见四弟坐在蚕豆花旁边，正在吹一管绿色的短笛。我收了口琴跑过去看，原来他的笛是用蚕豆梗做的：长约半尺多，上面有三五个孔，可用手指按出无腔的音调来。我忙叫姐姐来看。四弟常跟三大妈住在乡下的外婆家，懂得这些自然的玩意儿。我和姐姐看了都很惊奇而且艳羡，觉得这比我们的口琴更有趣味。我们请教他这笛的制法，才知道这是用豌豆茎和蚕豆茎合制而成的。先拔起一枝蚕豆茎来，去根去梢去叶，只剩方柱形的一段。用指爪在这段上摘出三五个孔，即为笛声。再摘取豌豆茎的梢，约长一寸，把它插入方柱上端的孔中，笛就完成。吹的时候，用齿把豌豆茎咬一下，吹起来笛就发音。用指按笛身上各孔，就会吹出高低不同的种种音来。依照这方法，我和姐姐各自新制一管。吹起来果然都会响。可是各孔所发的音，像是音阶，却又似 do 非 do，似 re 非 re，不能吹奏歌曲。我的好奇心活跃了："姐姐，这些洞的距离，必有一定的尺寸。我们随意乱摘，所以不成音阶。倘使我们知道了这尺寸，我们可以做一管发音正确的'豆梗笛'，用以吹奏种种乐曲，不是很有趣么？"姐姐的好奇心同我一样活跃，说道："不叫作豆梗笛，叫作'翡翠笛'。爸爸一定知道这些孔的尺寸。我们去问他。"

爸爸见了我们的翡翠笛，吃惊地叫道："呀！蚕豆还没有结籽，怎么你们拔了这许多豆梗！农人们辛苦地种着的！"工人阿四从旁插嘴道："不要紧，这蚕豆是我家的，让哥儿们拔些吧。"爸爸说："虽然你们不要他们赔偿，他们应该爱护作物，不论是谁家的！"姐姐擎着她的翡翠笛对爸爸说："我们不再采了。只因这里的音分别高低，但都不正确。不知怎样才能成一音阶，可以吹奏乐曲？"爸爸拿过翡翠笛来吹吹，就坐在草地上，兴味津津地研究起来。他已经被一种兴味所诱，浑忘了刚才所说的话，他的好奇心同我们一样地活跃了。大人们原来也是有孩子们的兴味，不过平时为别种东西所压迫，不容易显露罢了。我的爸爸常常自称"不失童心"，今天的事很可证明他这句话了。

阿四采了一大把蚕豆梗来，说道："这些都是不开花的，拔来给哥儿们做笛吧。反正不拔也不会结豆的。"姐姐接着说："那很好了。不拔反要耗费肥料呢。"爸爸很安心，选一枝豆梗来，插上一个豌豆梗的叶子，然后在豆梗上摘一个洞，审察音的高低，一个一个地添摘出来，终于成了一个具有音阶七音的翡翠笛。居然能够吹个简单的乐曲。我们各选同样粗细的豆梗。依照了他的尺寸，各制一管翡翠笛，果然也都合于音阶，也能吹奏乐曲。我的好奇心愈加活跃了，捉住爸爸，问他："这距离有何定规？"

爸爸说："我也是偶然摘得正确的。不过这偶然并非完全凑巧，也根据着几分乐理。大凡吹动管中空气而发音的乐器，管愈长发音愈低，管愈短发音愈高。笛上开了一个洞，无异把管截断到洞的地方为止。故其洞愈近吹口，发音愈高，其洞愈近下端，发音愈低。箫和笛的制造原理就根据在此。刚才我先把没有洞的豆梗吹一吹，假定它是 do 字。然后任意摘一个洞，吹一下看，恰巧是 re 字。于是保住相当的距离，顺次向吹口方向摘六个洞，就大体合于音阶上的七音了。吹的时候，六个洞全部按住为 do，下端开放一个为 re，开放二个为 mi……尽行开放为 si。这是管乐器制造的原理。我这管可说是原始的管乐器了。弦乐器的制造原理也是如此，不过空管换了弦线。弦线愈长，发音愈低；弦线愈短，发音愈高。口琴、风琴上的簧也是如此：簧愈长，发音愈低；簧愈短，发音愈高。但同时管的大小，弦的粗细，簧的厚薄，也与音的高低有关。愈大，愈粗，愈厚，发音愈低；反之发音愈高。关于这事的精确的乐理，《开明音乐讲义》中'音阶的构成'一章里详说着。我现在所说的不过是其大概罢了。"

"大概"也够用了；我们利用余多的豆梗，照这"大概"制了种种的翡翠笛。其中有两枝，比较的最正确，简直同竹笛一样。扫墓既毕，我们把这两枝翡翠笛放在条箱里，带回家去。晚上拿出来看，笛身已经枯萎了。爸爸见了这枯萎的翡翠笛，感慨地说："这也是人生无常的象征啊！"

铁马与风筝

春分节到了。爸爸的书房搬到楼上。

这是爸爸的习惯：每年春初庭中的柳树梢上有鸟儿开始唱歌了，爸爸的书房便搬到楼上，与寝室合并。直到春尽夏来，天气渐热，柳梢上的鸟儿唱歌疲倦了，他再搬到楼下去。爸爸是爱听鸟儿唱歌的。它们唱得的确好听。尤其是在春天的早晨，我们被它们的歌声从梦中唤醒，感觉非常愉快。因为它们的歌调都是愉快的。有一个春晨，爸爸对我说："你晓得鸟儿的声音像什么？"我说："像唱歌。"他说："不很对。歌有时庄严，有时悲哀，有时雄壮，不一定是愉快的。它们的声音无时不愉快，所以比作唱歌，不完全对。我看这好比‘笑’，鸟是会笑的动物，而且一天笑到晚的。倘说像唱歌，它们所唱的都是 game song（游戏歌），或 sweet song（甜歌），一定不是《三民主义吾党所宗》之类的歌。"

今天星期日，早晨我被另一种音乐唤醒。这好像是一种婉转的歌声，合着清脆的乐器伴奏。倾耳静听，今天柳梢上黄莺声特别热闹。这大概是为了今天晨光特别明朗的缘故；但也许是为了今天这里另有一种叮叮咚咚的伴奏声的原故。但这叮叮咚咚究竟是什么声音呢？我连忙起身，跟着声音去循。寻到爸爸的房间的楼窗边，看见窗外的檐下挂着一个帽子口大的铁圈，铁圈周围挂着许多钟形的小铜片，春晨的和风吹来，铜片互相碰击，发出清脆的叮叮咚咚，自然地成了莺声的伴奏。

这是爸爸今年的新设备，名叫"铁马"。昨天晚上才挂起来，今天早上我第一次听见它的声音。早饭时我问爸爸："铁马有什么用？"爸爸说："在实用方面讲，这是报风信的。天起风了，铁马咚咚地响起来，我们就知道天起风。"我说："还有在什么方面讲呢?"爸爸说："还有，在趣味方面讲，这是耳朵的一种慰安。我们要知道天起风，倘不讲趣味而专讲实用，只要买一只晴雨表，看看就知道。或者只要在屋上装一只风车，看见它转动了，就知道天起风。但我们希望在'知道'事实以外又'感到'一种情调，即在实用以外又得一种趣味。于是想出'铁马'这东西来，使它在报告起风的时候发出一种清朗的音，以慰藉人的耳朵。所以这铁马好比鸟声，也是一种'自然的音乐'。在我们的生活环境中，有许多自然的音乐，不论好坏，都有一种影响及于我们的感情，比形状色彩所及于我们的影响更深。因为声音不易遮隔，随时随地送入人耳。"

这时候，赶早市的种种叫卖声从墙外传到我们的食桌上："卖——芥——菜!""大——饼——油——炸——桧!""火——肉——粽——子!"音调各异，音色不同，每一声给人一种特异的感觉，全体合起来造成了一种我家的早晨的情趣。我听到这种声音，会自然地感到这是早晨。我想这些也是自然的音乐，不过音乐的成分不及莺声或铁马声那么多。我把这意思说出，引起了姆妈的话。

姆妈说："他们叫卖的时候很准确。我常常拿他们的喊声来代替自鸣钟呢。听见'油沸豆腐干'喊过，好烧夜饭了。听见'猪油炒米粉'喊过，好睡觉了。而且喊得也还好听，不使人讨嫌。最使我讨嫌的是杭州的卖盐声：'盐——'像发条一样卷转来，越卷越紧，最后好像卷断了似的。上海的卖夜报也讨嫌，活像喊救火，令人直跳起来。"

爸爸接着说："你们把劳工的叫声当作音乐听赏，太'那个'了！"

姆妈火冒起来，挺起眼睛说道："你自己说出来的！什么'自然的音乐，自然的音乐！'还说我们'那个'？"

爸爸立刻赔笑脸，答道："'那个'我又没有说出，你不必生气。把叫卖声当作自然的音乐，不仅是你。"他改作讲故事的态度，继续说："日本从前有个名高的文学家——好像是上田敏，我记不正确了——也曾有这样听法。日本东京市内有一种叫卖豆腐的担子，喊的是'托——夫'（即豆腐）两个字。其音调和缓，悠长，而有余音，好像南屏晚钟的音调。每天炊前，东京的小巷里到处有这种声音。善于细嚼生活情味的从前的东洋人，尤其是文学家上田敏，真把此种叫卖声看作黄莺、铁马一类的自然的音乐。有一次，东京的社会上提倡合作，有人提议把原有的豆腐担尽行取消，倡办一个大量生产的豆腐制造所，每天派脚踏车挨户分送豆腐。据提议者预算，豆腐价格可以减低不少。可是反对的人很多，上田敏攻击尤力。他的理由是，这办法除使无数人失业而外，又摧残日本原有的生活情调，伤害大和民族性的优美。他用动人的笔致描写豆腐担的叫卖声所给予东京市内的家庭的美趣，确认此改革为得不偿失。两方争论的结果如何，我不详悉。孰是孰非，也不去说它。总之，我们的环境中所起的声音有很大的影响及于我们的感情和生活，是我所确信的。譬如今天早上，我听了铁马和黄莺的合奏，感到一种和平幸福而生趣蓬勃的青春的气象，心境愉快，一日里做事也起劲得多。早餐也可多吃一碗。"

我对于这些话都有同感。兴之所至，不期地说道："我今天放起风筝来要加一把鹞琴，让它在空中广播和平的音。"

爸爸表示很赞成。但姆妈说："当心削开了手指！"

早餐后我去访华明，约他下午同去放风筝，并要他在上午来相帮我制一把鹞琴。他都欣然地同意，陪我出门，先到竹匠店里买两根长约三尺的篾，拿回我家，就在厢房里开始工作。我们把一根篾的篾青削下来，用小刀刮得同图画纸一样薄。然后把另一根篾弯成弓形，把那片篾青当作弓弦，扎成一把弓。华明握住了弓背在空中用力一挥，那篾青片发出"嗡嗡"的声音，鹞琴就成功了。

下午，风和日暖，华明十二点半就来，拿了风筝和鹞琴，立等我盥洗。我草草地洗了脸，把口琴和昨天姐姐从中学里寄来的新歌谱，藏在衣袋里了，匆匆跟他出门。我们走到土地庙后面高堆山上，把风筝放起。待它放高了，收些鹞线下来，把鹞琴缚在离开鹞子数丈的鹞线上，然后尽量地放线。鹞琴立刻响起来，嗡嗡地，殷殷地，在晴空中散播悠扬浩荡的美音，似乎天地一切都在那里同它共鸣了！

把鹞线的根缚在一块断碑上了，我们不消管守。我们两人可倚在碑脚上闲坐。我摸出口琴来，开始练习姐姐寄我的《风筝》歌。这是她新近在中学校里学得的，《开明音乐教本》第二册里的一首歌。她把五线谱翻成了口琴用的简谱寄给我。我按谱吹奏下去，曲儿果然很好听。其轻快和飘逸的趣味，尤其适合目前的情景。口琴的音衬着鹞琴的音，犹似晨间所闻的黄莺声衬着铁马声，我也感到一种和平幸福而生趣蓬勃的青春的气象。

但是吹到最后一句，我停顿了。因为这一句里有一个高半音的 fa 字，我吹遍了口琴的二十一孔，吹不出这个音来。这怎么办呢？回去问了爸爸再练习。现在且换一个纯熟一点的轻快的小曲来点缀这一片春景吧。

贺 年①

　　十二月三十一日的清晨，我被弟弟的声音惊醒。他一早起身，正在隔壁房里且跳且叫："日历只有一张了！过年了！大家快点起来过年！"随后是姆妈喊住他的声音："如金！静些儿！爸爸被你打觉②了！你已是高小学生，五年级读了半年了，怎么还是这般孩儿气，清早上大声叫跳？"弟弟静了下来，接着低声地向妈妈要新日历看。我连忙披衣起床，心中想：这回是今年最后一次的起床，明天便是新年例假了。这一想使我不怕冷，衣裳穿得格外快些。

---

① 本篇原载《新少年》创刊号，1936 年 1 月 10 日。
② 打觉，作者家乡方言，意即吵醒。

但回想姆妈对弟弟说的话，又想到我六年级已读了半年，再过半年要毕业了，不知能不能……有些儿担心。

我一面扣衣纽，一面走进姆妈房中。看见日历上果然只挂着单薄薄的一张纸，样子怪可怜的。弟弟捧着一册新日历，正在窗前玩弄。我走近去一看，只见厚厚的一刀日历，用红纸封好了，装在一片硬纸板上。纸板上端写着某香烟公司的店号。店号下面描着图案，图案中央作一长方形的圈子，圈子里面印着一个电影明星的照片。不知是胡蝶，还是徐来，我可认不得。但见她侧着头，扭着腰，装着手势，扁着嘴，欲笑不笑，把眼睛斜转来向我看。好像我们校里那个顽皮的金翠娥躲在先生的背后装鬼脸。我立刻旋转头，走下楼去洗脸。我们吃过早粥，赴校的时候，弟弟叮咛地关照姆妈，最后一张日历要让他回来撕，新日历要让他回来开。姆妈笑着答允了。

我们上完了今年最后一天的课，高兴地回到家里。弟弟放了书包就奔上楼，想去撕日历。

但被爸爸阻住了。爸爸正坐在窗前的桌子旁边看画册。桌上供着一盆水仙花，一瓶天竹，一对红蜡烛，一只铜香炉，和一只小自鸣钟。——这般景象，我似觉以前曾经看到过，但是很茫然了。仔细一想，原来正是去年今日的事！种种别的回忆便跟了它浮出到我的脑际来。

爸爸对弟弟说："今天是今年最后的一天，我们不要草草过去。我们大家来守岁，到夜半才睡觉。日历也要到夜半才可撕。在夜里，我们还要做游戏，讲故事，烧年糕吃呢！"弟弟听了又跳起来，叫起来。爸爸拉住他的臂膊说："不要性急，今年还有八个钟头呢。你们乘这时候先画一张贺片，向你们的最好的朋友贺年。"

"好，好，好。"我们答应着，抢先飞奔下楼，向书包里去拿画具。途中我记起了：去年图画课中华先生叫我们画贺片，我画一只猪猡，同学们大家说"难看，难看"，华先生偏说"好看"。他说："你们为什么看轻猪猡？你们不是爱吃它的肉么？"后来我告诉爸爸，爸爸说："因为中国画家向来不画猪猡，所以大家看不惯。其实也没啥，不过样子不及兔子、山羊那般玲珑罢了。"今年不知应该画什么动物了？等会儿问问爸爸看。

我们把画具端到楼上，放在东窗下的桌上，开始画贺片了。画些什么呢？我就问爸爸明年是什么年。爸爸说明年是丙子年，子年可以画个老鼠。但我所发见的题材，被弟弟抢了去。他说："我画老鼠！老鼠拉车子！昨天我在《小人国》里看见过的。"我同他论理，但他连说"对起，对起，对起，对起"，管自拿铅笔打稿子了。"对起"就是"对不起"，是他近来的口头禅。他每逢自知不合而又不舍得放弃的时候，便这样说。我知道他已热心于画老鼠拉车了，就让让他吧。但是我自己画什么呢？想了好久，记得以前华先生教我们画花的图案，我画得很高兴。现在就画些花的图案吧。

我的颜料没有上完，弟弟已经画好，拿去请爸爸看了。我赶快完成，也拿过去。但见爸爸拿着剪刀正在裁剪弟弟的画纸。一面说着：

"你画老鼠拉车，不可画得太高。下面剪掉些，上面多留些空地写字吧。"剪成了明信片样的一张，他又说："上面太空，添描一个很长的马鞭吧。"弟弟抢着说："本来是有马鞭的，我忘记了!"爸爸就用指爪在贺片上划一个弯弯的线痕，叫他照样去画。爸爸看了我的画，说："很好看；但你可用更深的红在花瓣上作个轮廓，用更深的绿在叶子上作个轮廓。那么，深红配淡红，深绿配淡绿，好看得多。这叫作'同类色调和'。"我照他所说的去改了。弟弟已经画好马鞭，看看我的画，跳起来说："姐姐用颜料的! 不来，不来，我要画过!"就向爸爸嚷着要换。爸爸说："如金! 画不一定要用颜料的呀! 你姐姐的是'装饰画'，所以用颜料。你的是'记事画'，可以不用颜料。"但弟弟始终不满意，撅起小嘴唇看我的画，连说着"我要画过，我要画过"。这时候姆妈进来了。她听见了弟弟咕噜咕噜，就来看他的画；知道他嫌没有颜料，就对他说："也可以着颜料的。我教你吧。小人的衣服上着红色，小车的轮子上着黄色，老鼠和车子本来是黑色的。"弟弟照姆妈的话做了，觉得果然好看，就笑起来。爸爸衔着香烟，也走过来看，笑着说："很好，很好，全靠姆妈，不然又要闹气了。但我看红色太孤零，没有'呼应'。最好拉车的绳子换了红色。"弟弟又抢着说："原是一根红头绳呀！我在《小人国》里看见的。"于是大家商量改的方法。姆妈对我说："逢春，你帮帮他吧。先用橡皮将黑绳略略擦去，然后用白粉调了红颜料盖上去。"我照姆妈的话给他改。弟弟见我改成功了，又连说"对起，对起，对起，对起"。姆妈说："不要'对起'了，且说你们这两张贺片送给哪个。"我和弟弟齐声说出："送给秋家叶心哥哥。"爸爸说"好"。就教我们写字。姆妈说："写好了大家下来吃夜饭吧。吃过夜饭还要守岁呢。上星期叶心曾说放了年假来守岁，黄昏时他也许会来的。"说过，就先自下楼去了。

弟弟吃饭来得最迟，他手里拿着一封信，封壳上贴着一分邮票，写着"本镇梅花弄八号秋叶心先生收，梅花弄二号柳宅寄"，匆忙地对我们说:"我到邮政局里去寄了这两张贺片再来吃饭。"就飞奔去了。爸爸笑着说:"哈哈!还是秋家近,邮政局远呢!"姆妈也说:"恐怕信没有到邮政局,人已经来这里了!"

吃过夜饭,我们正在点起红烛,准备守岁的时候,邮差敲门了。我们收到一封城里寄来的信。折开一看,原来是叶心哥哥从县立初级中学寄来的贺年片。附着一封信,说他要今日晚快回家,先把贺片寄给我们,晚上他也来我家守岁。我和弟弟欢喜得很,忙将贺片给爸爸看,爸爸啧啧称赞道:"到底不愧为美术家的儿子!又不愧为中学生!他的画兼有你们二人的画的好处呢。逢春画两枝花,形式固然美观了,但是内容没有表示新年的意义;如金画只老鼠,内容原有新年的意义了;但是形式好像《小人国》童话书里的插画,不甚适于贺片的装饰。亏得加了一根长马鞭,把'恭贺新禧'等字钩住,还有点图案的意味。现在看到叶心的画,觉得是两全的了。在形式上,松树占了左边;地、海和朝阳占了下边;青云和松叶占了上边,成了三条天然的花边。在内容上，这几种东西又都含有庆贺新年的意思：初升的太阳，常青的松树，高的云，广的海，和活泼地出巢的小鸟，没有一样不表出新年的欢乐和青年的希望。题的字也很有意味呢!"我们争问爸爸怎么叫作"美意延年"？他继续说："这是出于《荀子》里的。美意就是快美的心，也可说就是爱美的心。延年就是延长寿命。一个人爱美而快乐，可以康健而长寿。这意思比你们的'恭贺新禧'高明得多了。"我听了觉得脸上有些发热，同时更佩服叶心哥哥的天才了。爸爸又仔细看他的贺片，摇摇头对姆妈说："叶心的美术的确进步了。你看他布置多么匀称：太阳耸得最高的地方，这一行字特地缩短些，交互相补。进中学才半年，就这样进步，这孩子……"姆妈正拿着一本新日历想要去挂。爸爸随手把贺片放在日历上端的电影明星的照片上，说道："咦! 大小正好。倘换了这张，好看得多，有意思得多呢。"我本来讨厌这装鬼脸的金翠娥，要挂着了教我看她一年，真有些难受。我连忙赞成爸爸的话，提议把贺片用糨糊粘上。爸爸和姆妈都说"好"，弟弟也说"好"。我就实行我的提议。但把糨糊涂到电影明星的脸上和身上去的时候，我又觉得有些对她不起。旁观的弟弟早已感到这意思，他笑着说："对起，对起，对起，对起！"

不久叶心哥哥来了。他果然还没有收到我们的贺片。我们谢他的贺片，并把爸爸称赞他的话告诉他，美慕他的美术的进步。他脸孔红了，咬着嘴唇旋转头去，恰好看见了粘在日历上边的贺片。他惊奇地一笑，又转向别处。后来对我们说："待我收到了你们的贺片，把它们镶在镜框里！"

我们这晚做了种种游戏，讲了许多故事，又吃年糕和橘子。直到敲出十二点钟，方才由弟弟撕去最后一张旧日历，打开新日历。年已经过了！父亲派工人送叶心哥哥归家。我们送他出了门，各自去睡觉。我梦到"美意延年"的画境里，在那松下海边盘桓了多时。醒来时，元旦的初阳已照在我的床上了。

生 机

去年除夕夜买的一球水仙花，养了两个多月，直到今天方才开花。

今春天气酷寒，别的花木萌芽都迟，我的水仙尤迟。因为它到我家来，遭了好几次灾难，生机被阻抑了。

第一次遭的是旱灾，其情形是这样：它于去年除夕到我家，当时因为我的别寓里没有水仙花盆，我特为它跑到瓷器店去买一只纯白的瓷盘来供养它。这瓷盘很大、很重，原来不是水仙花盆。据瓷器店里的老头子说，它是光绪年间的东西，是官场中请客时用以盛某种特别肴馔的家伙。只因后来没有人用得着它，至今没有卖脱。我觉得普通所谓水仙花盆，长方形的、扇形的，在过去的中国画里都已看厌了，而且形式都不及这家伙好看。就假定这家伙是为我特制的水仙花盆，买了它来，给我的水仙花配合，形状色彩都很调和。看它们在寒窗下绿白相映，素艳可喜，谁相信这是官场中盛酒肉的东西？可是它们结合不到一个月，就要别离。为的是我要到石门湾去过阴历年，预期在缘缘堂住一个多月，希望把这水仙花带回去，看它开花才好。如何带法？颇费踌躇：叫工人阿毛拿了这盆水仙花乘火车，恐怕有人说阿毛提倡风雅；把它装进皮箱里，又不可能。于是阿毛提议："盘儿不要它，水仙花拔起来装在饼干箱里，携了上车，到家不过三四个钟头，不会旱杀的。"我通过了。水仙就与盘暂别，坐在饼干箱里旅行。回到家里，大家纷忙得很，我也忘记了水仙花。三天之后，阿毛突然说起，我猛然觉悟，找寻它的下落，原来被人当作饼干，搁在石灰甏上。连忙取出一看，绿叶憔悴，根须焦黄。阿毛说："勿碍。"立刻把它供养在家里旧有的水仙花盆中，又放些白糖在水里。幸而果然勿碍，过了几天它又欣欣向荣了。是为第一次遭的旱灾。

第二次遭的是水灾，其情形是这样：家里的水仙花盆中，原有许多色泽很美丽的雨花台石子。有一天早晨，被孩子们发见①了，水仙花就遭殃：他们说石子里统是灰尘，埋怨阿毛不先将石子洗净，就代替他做这番工作。他们把水仙花拔起，暂时养在脸盆里，把石子倒在另一脸盆里，掇到墙角的太阳光中，给它们一一洗刷。雨花台石子浸着水，映着太阳光，光泽、色彩、花纹，都很美丽。有几颗可以使人想象起"通灵宝玉"来。看的人越聚越多，孩子们尤多，女孩子最热心。她们把石子照形状分类，照色彩分类，照花纹分类；然后品评其好坏，给每块石子打起分数来；最后又利用其形色，用许多石子拼起图案来。图案拼好，她们自去吃年糕了；年糕吃好，她们又去踢毽子了；毽子踢好，她们又去散步了。直到晚上，

---

① 同"发现"。

阿毛在墙角发现了石子的图案，叫道："咦，水仙花哪里去了？"东寻西找，发现它横卧在花台边上的脸盆中，浑身浸在水里。自晨至晚，浸了十来小时，绿叶已浸得发肿，发黑了！阿毛说："勿碍。"再叫小石子给它扶持，坐在水仙花盆中。是为第二次遭的水灾。

第三次遭的是冻灾，其情形是这样的：水仙花在缘缘堂里住了一个多月。其间春寒太甚，患难迭起。其生机被这些天灾人祸所阻抑，始终不能开花。直到我要离开缘缘堂的前一天，它还是含苞未放。我此去预定暮春回来，不见它开花又不甘心，以问阿毛。阿毛说："用绳子穿好，提了去！这回不致忘记了。"我赞成。于是水仙花倒悬在阿毛的手里旅行了。它到了我的寓中，仍旧坐在原配的盆里。雨水过了，不开花。惊蛰过了，又不开花。阿毛说："不晒太阳的原故。"就掇到阳台上，请它晒太阳。今年春寒殊甚，阳台上虽有太阳光，同时也有料峭的东风，使人立脚不住。所以人都闭居在室内，从不走到阳台上去看水仙花。房间内少了一盆水仙花也没有人查问。直到次日清晨，阿毛叫了："啊哟！昨晚水仙花没有拿进来，冻杀了！"一看，盆内的水连底冻，敲也敲不开；水仙花里面的水分也冻，其鳞茎冻得像一块白石头，其叶子冻得像许多翡翠条。赶快拿进来，放在火炉边。久之久之，盆里的水溶了，花里的水也溶了；但是叶子很软，一条一条弯下来，叶尖儿垂在水面。阿毛说："乌者。"我觉得的确有些儿"乌"，但是看它的花蕊还是笔挺地立着，想来生机没有完全丧尽，还有希望。一问阿毛，阿毛摇头，随后说："索性拿到灶间里去，暖些，我也可以常常顾到。"我赞成。垂死的水仙花就被从房中移到灶间。是为第三次遭的冻灾。

谁说水仙花清？它也像普通人一样，需要烟火气的。自从移入灶间之后，叶子渐渐抬起头来，花苞渐渐展开。今天花儿开得很好了！阿毛送它回来，我见了心中大快。此大快非仅为水仙花。人间的事，只要生机不灭，即使重遭天灾人祸，暂被阻抑，终有抬头的日子。个人的事如此，家庭的事如此，国家、民族的事也如此。

蜜　蜂[①]

　　正在写稿的时候，耳朵近旁觉得有"嗡嗡"之声，间以"唶唶"之声。因为文思正畅快，只管看着笔底下，无暇抬头来探究这是什么声音。然而"嗡嗡""唶唶"，也只管在我耳旁继续作声，不稍间断。过了几分钟之后，它们已把我的耳鼓刺得麻木，在我似觉这是写稿时耳旁应有的声音，或者一种天籁，无须去探究了。

　　等到文章告一段落，我放下自来水笔，照例伸手向罐中取香烟的时候，我才举头看见这"嗡嗡""唶唶"之声的来源。原来有一只蜜

---

① 本篇原载《文饭小品》1935 年 4 月第 3 期。

蜂，向我案旁的玻璃窗上求出路，正在那里乱撞乱叫。

我以前只管自己的工作，不起来为它谋出路，任它乱撞乱叫到这许久时光，心中觉得有些抱歉。然而已经挨到现在，况且一时我也想不出怎样可以使它钻得出去的方法，也就再停一会儿，等到点着了香烟再说。

我一边点香烟，一边旁观它的乱撞乱叫。我看它每一次钻，先飞到离玻璃一二寸的地方，然后直冲过去，把它的小头在玻璃上"嘚，嘚"地撞两下，然后沿着玻璃"嗡嗡"地向四处飞鸣。其意思是想在那里找一个出身的洞。也许不是找洞，为的是玻璃上很光滑，使它立脚不住，只得向四处乱舞。乱舞了一回之后，大概它悟到了此路不通，于是再飞开来，飞到离玻璃一二寸的地方，重整旗鼓，向玻璃的另一处地方直撞过去。因此"嗡嗡""嘚嘚"，一直继续到现在。

我看了这模样，觉得非常可怜。求生活真不容易，只做一只小小的蜜蜂，为了生活也需碰到这许多钉子。我诅咒那玻璃，它一面使它清楚地看见窗外花台里含着许多蜜汁的花，以及天空中自由翱翔的同类，一面又周密地拦阻它，永远使它可望而不可即。这真是何等恶毒的东西！它又仿佛是一个骗子，把窗外的广大的天地和灿烂的春色给蜜蜂看，诱它飞来。等到它飞来了，却用一种无形的阻力拦住它，永不使它出头，或竟可使它撞死在这种阻力之下。

因了诅咒玻璃，我又羡慕起物质文明未兴时的幼年生活的诗趣来。我家祖母年年养蚕。每当蚕宝宝上山的时候，堂前装纸窗以防风。为了一双燕子常要出入，特地在纸窗上开一个碗来大的洞，当作燕子的门，那双燕子似乎通人意的，来去时自会把翼稍稍敛住，穿过这洞。这般情景，现在回想了使我何等憧憬！假如我案旁的窗不用玻璃而换了从前的纸窗，我们这蜜蜂总可钻得出去。即使撞两下，也是软软的，没有什么苦痛。求生活在从前容易得多，不但人类社会如此，连虫类社会也如此。

我点着了香烟之后就开始为它谋出路。但

这是一件很不容易的事。叫它不要在这里钻，应该回头来从门里出去，它听不懂我的话。用手硬把它捉住了到门外去放，它一定误会我要害它，会用螫反害我，使我的手肿痛得不能工作。除非给它开窗；但是这扇窗不容易开，窗外堆叠着许多笨重的东西，须得先把这些东西除去，方可开窗。这些笨重的东西不是我一人之力所能除去的。

于是我起身来请同室的人帮忙，大家合力除去窗外的笨重的东西，好把窗开了，让我们这蜜蜂得到出路。但是同室的人大都不肯，他们说："我们做工都很疲倦了，哪有余力去搬重物而救蜜蜂呢？"我顿觉自己也很疲倦，没有搬这些重物的余力，救蜜蜂的事就成了问题。

忽然门里走进一个人来和我说话。为了不能避免的事，我立刻被他拉了一同出门去，就把蜜蜂的事忘却了。等到我回来的时候，这蜜蜂已不见。不知道是飞去了，被救了，还是撞杀了。

廿四（1935）年三月七日于杭州

还我缘缘堂

二月九日天阴，居萍乡暇鸭塘萧祠已经二十多天了，这里四面是田，田外是山，人迹少到，静寂如太古。加之二十多天以来，天天阴雨，房间里四壁空虚，行物萧条，与儿相对枯坐，不啻囚徒。次女林先性最爱美，关心衣饰，闲坐时举起破碎的棉衣袖来给我看，说道："爸爸，我的棉袍破得这么样了！我想换一件骆驼绒袍子。可是它在东战场的家里——缘缘堂楼上的朝外橱里——不知什么时候可以去拿得来。我们真苦，每人只有身上的一套衣裳！可恶的日本鬼子！"我被她引起很深的同情，心中一番惆怅，继之以一番愤懑。她昨夜睡在我对面的

103

床上，梦中笑了醒来。我问她有什么欢喜。她说她梦中回缘缘堂，看见堂中一切如旧，小皮箱里的明星照片一张也不少，欢喜之余，不觉笑了醒来，今天晨间我代她作了一首感伤的小诗：

> 儿家住近古钱塘，也有朱栏映粉墙。
> 三五良宵团聚乐，春秋佳日嬉游忙。
> 清平未识流离苦，生小偏遭破国殃。
> 昨夜客窗春梦好，不知身在水萍乡。

平生不曾作过诗，而且近来心中只有愤懑而没有感伤。这首诗是偶被环境逼出来的，我嫌恶此调，但来了也听其自然。

邻家的洪恩要我写对，借了一支破大笔来。拿着笔，我便想起我家里的一抽斗湖笔，和写对专用的桌子。写好对，我本能伸手向后面的茶几上去取大印子，岂知后面并无茶几，更无印子，但见萧家祠堂前的许多木主，蒙着灰尘站立在神祠里，我心中又起一阵愤懑。

晚快，章桂从萍乡城里拿邮信回来，递给我一张明片，严肃地说："新房子烧掉了！"我看那明片是二月四日上海裘梦痕寄发的。信片上有一段说"一月初上海新闻报载石门湾缘缘堂已全部焚毁，不知尊处已得悉否"；下面又说："近来报纸上常有误载，故此消息是否确凿不得而知。"此信传到，全家十人和三个同逃难来的亲戚，齐集在一个房间里聚讼起来，有的可惜橱里的许多衣服，有的可惜堂上新置的桌凳。一个女孩子说：大风琴和打字机最舍不得。一个男孩子说：秋千架和新买的金鸡牌脚踏车最肉痛。我妻独挂念她房中的一箱垫锡器和一箱垫瓷器。她说：早知如此，悔不预先在秋千架旁的空地上掘一个地洞埋藏了，将来还可去发掘。正在惋惜，丙潮从旁劝慰道："信片上写着'是否确凿不得而知'，那么不见得一定烧掉的。"大约他看见我默默不语，猜度我正在伤心，所以这两句照着我说。我听了却在心中苦笑，他的好意我是感谢的，但他的猜度却完全错误了。我离家后一日在途中闻知石门湾失守，早把缘缘堂置之度外，随后陆续听到这地方四得四失，便想象它已变成一片焦土，正怀念着许多亲戚朋友的安危存亡，更无余暇去怜惜自己的房屋了。况且，沿途看报某处阵亡数千人，某处被敌虐杀数百人，像我们全家逃出战区，比较起他们来已是万幸，身外之物又何足惜！我虽老弱，但只要不转乎沟壑，还可凭五寸不烂之笔来对抗暴敌，我的前途尚有希望，我决不为房屋被焚而伤心，不但如此，房屋被焚了，在我反觉轻快，此犹破釜沉舟，断绝后路，才能一心向前，勇猛精进。丙潮以空言相慰，我感谢之余，略觉嫌恶。

然而黄昏酒醒，灯孤人静，我躺在床上时，也不免想起石门湾的缘缘堂来。此堂成于中华民国二十二年，距今尚未满六岁。形式朴素，不事雕斫而高大轩敞。正南向三开间，中央铺方大砖，供养弘一法师所书《大智度论·十喻赞》，西室铺地板为书房，陈列书籍数千卷。东室为饮食间，内通平屋三间为厨房、贮藏室，及工友的居室。前楼正寝为我与两儿女的卧室，亦有书数千卷，西间为佛堂，四壁皆经书，东间及后楼皆家人卧室。五年以来，我已同这房屋十分稔熟。现在只要一闭眼睛，便又历历地看见各个房间中的陈设，连某书架中第几层第几本是什么书都看得见，连某抽斗（儿女们曾统计过，我家共有一百二十五只抽斗）中藏着什么东西都记得清楚。现在这所房屋已经付之一炬，从此与我永诀了！

我曾和我的父亲永诀，曾和我的母亲永诀，也曾和我的姐弟及亲戚朋友们永诀，如今和房子永诀，实在值不得感伤悲哀。故当晚我躺在床里所想的不是和房子永诀的悲哀，却是毁屋的火的来源。吾乡于中华民国二十六年十一月六日，吃敌人炸弹十二枚，当场死三十二人，毁房屋数间。我家幸未死人，我屋幸未被毁。后于十一月二十三日失守，失而复得，得而复失，失而复得，得而复失……以至四进四出，那么焚毁我屋的火的来源不定：是暴敌侵略的炮火呢，还是我军抗战的炮火呢？现在我不得而知，但也不外乎这两个来源。

于是我的思想达到了一个结论：缘缘堂已被毁了。倘是我军抗战的炮火所毁，我很甘心！堂倘有知，一定也很甘心，料想它被毁时必然毫无恐怖之色和凄惨之声，应是蓦地参天，蓦地成空，让我神圣的抗战军安然通过，向前反攻的。倘是暴敌侵略的炮火所毁，那我很不甘心，堂倘有知，一定更不甘心。料想它被焚时，一定发出喑呜叱咤之声："我这里是圣迹所在，麟凤所居。尔等狗彘豺狼胆敢肆行焚毁！亵渎之罪，不容于诛！应着尔等赶速重建，还我旧观，再来伏法！"

无论是我军抗战的炮火所毁，或是暴敌侵略的炮火所毁，在最后胜利之日，我定要日本还我缘缘堂来！东战场，西战场，北战场，无数同胞因暴敌侵略所受的损失，大家先估计一下，将来我们一起同他算账！

图书在版编目（CIP）数据

白鹅 / 丰子恺著. -- 武汉：长江文艺出版社，
2023.9（2024.1 重印）
　ISBN 978-7-5702-3236-9

　Ⅰ. ①白… Ⅱ. ①丰… Ⅲ. ①散文集－中国－现代
Ⅳ. ①I266

中国国家版本馆 CIP 数据核字(2023)第 125286 号

白鹅

BAIE

责任编辑：秦文苑　　　　　　　　责任校对：毛季慧
封面设计：天行云翼　·宋晓亮　　　责任印制：邱　莉　王光兴

出版：长江出版传媒 长江文艺出版社
地址：武汉市雄楚大街 268 号　　　邮编：430070
发行：长江文艺出版社
http://www.cjlap.com
印刷：武汉中科兴业印务有限公司

开本：640 毫米×970 毫米　　　1/16　印张：7　　　插页：4 页
版次：2023 年 9 月第 1 版　　　2024 年 1 月第 4 次印刷
字数：47 千字

定价：22.00 元
